「痛いのが好きなんだろう？」

「ち、ちが……ぅっ」

　ぽろりと眦から涙がこぼれた。

　それを見て、遠衛がうれしそうに笑う。

「ああ、やっぱり泣き顔がかわいいな」

意地悪しないで！

天野かづき

16814

角川ルビー文庫

目次

口絵・本文イラスト／蔵王大志

昼休みの学食。

南側に広く取られた窓からはきらきらと陽光が降り注ぎ、楽しげに食事をする学生たちの姿を浮《う》かび上がらせている。

しかし。

「昨日のエルリア見た？」

「見た見た。やっぱり萌《も》えだよなぁ、りったん」

「ああ？　お前リオ派だっけ？」

「僕はサナエ様が最萌えだと思うけどな〜。やっぱツンデレ巫女《みこ》でしょ」

「ツンデレなら巫女より、ニーソでツインテールだろ？」

にやにやにこにこしつつ、男ばかりにしてはやや甲高《かんだか》い声で、興奮気味に話し合っているその一団は、窓からも入り口からも最も遠い一角にいた。どれだけ空が晴れ渡《わた》っていようと、陽光とは全く関係がなさそうだ。

他《ほか》の大学の学食がどうなっているかは知らないが、藤倉佑《ふじくらたすく》の通うこの大学では大体サークルによって学食のどの辺りのテーブルを使うかが決まっている。

入り口や窓から遠いだけでなく、空調に近過ぎて夏は寒過ぎ、冬は暑過ぎるそのテーブルを陣取《じんど》っているのはアニメーション研究会。通称《つうしょう》アニ研である。

『アニメーション研究会』といっても、サークルメンバーたちが扱《あつか》っているものはアニメに限らず、ゲームや漫画《まんが》、そこから派生したあらゆるオタク文化を内包する。たとえばフィギュアや声優、最近では音声データ系なども。

「そういや、再来週のイベント、チケット回してもらえたから」

「えっ、マジですか?」

二つ上の先輩《せんぱい》である深山《みやま》の言葉に、佑はぱっと顔を輝《かがや》かせると、隣《となり》に座っていた友人の響和《ひびきかず》久《ひさ》を見る。

響もうれしそうに口元をほころばせて頷《うなず》いた。この集団の中にいるのが不思議なほど、かわいらしい顔立ちをしている響だが、中身は他のメンバーと同じ生粋《きっすい》のオタクである。

「うん。結構いい席だったよ」

「ありがとうございます!　あ、チケ代……」

言いながら、佑は財布《さいふ》を取り出す。幸い札入れには万札が入っている。

今日は好きなアニメのサントラの発売日だったため、下ろしておいたのだ。

「俺も――――っと、これじゃ足りないな。ちょっと下ろしに行ってきます」

「いいよいいよ、ないなら明日《あした》でも」

立ち上がろうとした響に、深山は頭《かぶり》を振《ふ》る。

「いえ、食い終わったし、行ってきちゃいますよ」

けれど響はそう言って空いた食器の載《の》ったトレイを持ち、バッグを摑むと、そのまま学食を出て行った。

「ホントにいいのに……っと、はい」

「あ、ありがとうございます」

響の背を見送っていた佑は、封筒《ふうとう》からチケットを取り出し、手渡《てわた》してくれた深山にもう一度礼を言いチケット代を渡す。

それは、最近人気のあるアニメの声優ライブのチケットだった。一応三人とも先行申し込みにも通常申し込みにも応募《おうぼ》したのだが、すべて外れてしまったのである。それほど人気のあるイベントだといえるだろう。

「うわ……十列目じゃないですか！　よく定価で譲《ゆず》ってもらえましたね」

「うん、そいつ七列目も当たったらしいんだわ。すごい強運だよね」

佑の問いに、深山はそう言って笑いながら、釣《つ》りをテーブルに並べる。

その言葉に曖昧《あいまい》に頷きつつ佑は内心、深山の人徳だろうと思う。

深山はオタクとしての造詣《ぞうけい》が深いだけでなく、人格的にも優《すぐ》れている。とてもやさしく、誰《だれ》にでも分け隔《へだ》てない。いつでも穏《おだ》やかで、討論が白熱した挙句声を荒《あら》げたり激昂《げっこう》したりすることの多いメンバーも、部長である深山がうまく取りまとめていた。

深山はまだ三年だが、四年は卒論や就職活動などで忙《いそが》しかったり、授業数が少なかったりと、大学自体に来る機会も減っているため、部長を務めているのである。

実際一年の佑は四年のサークルメンバーとは、ほとんど顔を合わせたことがなかった。新歓《しんかん》コンパで呑《の》んで以来会っていないメンバーもいるくらいだ。

「ところで深山さん、学祭のほう」

「ああ、それなんだけどね……」

佑は別のメンバーと話を始めた深山から視線を逸《そ》らすと、もう一度チケットに目を落とし、それから釣《つ》りと一緒《いっしょ》にいそいそと財布の中にしまった。

入り口のほうから、アニ研とは全く逆のベクトルで甲高《かんだか》い声が聞こえてきたのはそのときだ。

「今日発売のＺｅｐｈｙｒ、すっごいかっこよかったぁ」

「あっ、あたし、表紙アスマだったから五冊買ったよっ」

「えー、いいなぁ、うちの近くのコンビニ売り切れだったよ～。でも、帰りに本屋で買うし」

聞こえてくるのは、女の子たちの発する高い声ばかりで、合間合間に挟《はさ》まれているだろう相《あい》槌《づち》のほうは届かない。

けれど、佑にはそれがなんなのか……いや、誰を中心とした集団なのかが、すぐにわかった。

――アスマ。遠衛《とのえ》遊馬《あすま》。

この大学の一年であり、雑誌などのモデルもしている男だ。

そう把握《はあく》した途端《とたん》、佑は反射的に苦虫《にがむし》を噛《か》み潰《つぶ》したような表情になっていた。

その表情は、この端《はし》に追いやられているというか、好んで端を陣取《じんど》っている面々とは正反対の、きらきらした集団の声が近付いてくるにしたがってひどくなる。

別に遠衛を僻《ひが》んでいるわけではない。

確かに遠衛の周りを取り巻いている少女たちは全員が、学内でも美少女、もしくは美女として名を馳《は》せている者ばかりだったが、佑はそもそも三次元の異性にはほぼ興味がなかった。例外は好きなキャラの中の人――声優くらいのものである。

興味のないものに取り巻かれているのを、羨《うらや》ましいと思うはずもない。

ではなぜか、といえば……。

「あ、俺は友達と食べるから」

「えー？　またぁ？」

遠衛の言葉に女性たちが不満を口にする。だが、遠衛は一切《いっさい》取り合うことなく、背を向けた。

そして、まっすぐにアニ研のテーブルに向かってくると、先ほどまで響が座っていた椅子《いす》を指差す。

「ここ座っていい？」

「……いやだ」

「いいだろ、別に。空いてるんだから」

「空いてんじゃなくて、戻《もど》ってくるし」

「今はいないじゃん」

断ったにもかかわらず、遠衛はトレイを置いてしまう。

「あっ、置くなよっ。お前が近付いてくると目立つからいやなんだって何度も言ってるだろ」

現に今も、同席を拒《こば》まれた女性陣《じん》からは刺《さ》すような視線が飛んできている。

「もう目立ってんだからいいだろ」

「どういう理屈《りくつ》だよっ！」

「いいですよね？」

そう噛《か》み付いた佑を無視して、遠衛は唯一《ゆいいつ》成り行きを見守っていた深山にそう問いかけた。

ちなみに、他の部員は全員まるでこっちで起こっていることなど気付いていないと言わんばかりに話し続けている。

とは言え声が格段に小さくなっている辺り、本当は気付いていないわけではないのだろうが……。おそらく、係わり合いになりたくないのだろう。佑もできることならそちらに交ざりたいのでよくわかる。

「僕はいいけど……」

「どーも」

「ああっ」

深山の言葉に、遠衛はそう言ってさっさと椅子にかけてしまう。

佑はしばらく恨《うら》みがましく遠衛を睨《にら》んでいたが、すぐに無駄《むだ》だと悟《さと》って食事を再開した。

「お前、なんで好き好んでこんなとこにくるんだよ？」

そろそろ季節が秋なこともあって、空調設備の悪さについてはたいした影響《えいきょう》はないが、窓からも入り口からも、そして食事を受け取るカウンターからも微妙《びみょう》に遠いという場所に違《ちが》いはない。

ここにたどり着くまでの間には、サークルが占拠《せんきょ》していないテーブルもあるというのに……。

「うん？　言ってるだろ？　佑が好きだからだってさ」

「…………嘘《うそ》をつくな、嘘を」

佑は口の中でもごもごと反論し、がっくりと肩《かた》を落とした。

――全くどうしてこんなことに……。

わざとらしくため息をつき、じっとりとした視線を向ける佑に、遠衛はにやりと笑った。

藤倉佑と遠衛遊馬。

全く接点などない、生きている世界そのものが違うようなこの二人には、実を言えば意外な過去がある。

聞けば単純な話だが、佑と遠衛は小学校の同級生なのだった。

しかし、その時点での関係は、今のこの状況《じょうきょう》とはまるで違う。むしろ、正反対と言ってもいいようなものだった。

小学校時代は佑がむしろガキ大将であり、遠衛はかわいらしい顔立ちと早生まれゆえの体形のハンデのせいで、いじめられっことという立場だったのだ。つまり、佑のほうが遠衛に対して支配的な関係だったのである。

だが、中学進学を前に遠衛は転校し、中学に上がった佑は典型的なオタクに、遠衛は頭もよくて、スポーツもできるリア充《じゅう》になっていた。

二人が再会したのは、大学に入学して半年ほどが経《た》った、夏休み明け。一年の後期になってからである。

正確に言えば、互《たが》いを小学校時代の同級生だと認識《にんしき》したタイミングが、と言うべきだろうか。入学当初から遠衛は大学内一の有名人であり、佑は遠衛のことを一方的に知っていたのである。

だが、それは『モデルのアスマ』が同じ大学にいる、という程度の情報だったため、元同級生だとは少しも気付かなかった。

むしろ、アスマと呼ばれる人物が、トーマという佑が昔から憧《あこが》れているアニメキャラにそっくりであったため、ちょっとした憧憬《どうけい》を抱《いだ》いていたくらいだ。そのせいで余計に自分とは違う世界の住人だと思えて、全く近寄る気はなかった。もちろん、万が一佑がお近づきになりたいと思っていたとしても、無理だっただろう。

そんな佑と遠衛が初めて接触《せっしょく》したのは、後期最初の授業日のことだ。


——その日、佑は朝からついていなかった。


まず、起きた途端に枕元《まくらもと》に積んでいた漫画《まんが》の山が崩《くず》れ、その上に載《の》せていたメガネが下敷《したじ》きになった。

メガネは壊《こわ》れこそしなかったものの弦《つる》が緩《ゆる》み、下を向いただけで耳から滑《すべ》り落ちるくらいにゆがんでいた。

今思うと、これがすべての発端《ほったん》だったのである。

何度も何度もメガネが落ちるせいで、乗るはずだった学バスに乗り遅《おく》れ、更《さら》に慌《あわ》てて人にぶつかり、謝罪のために頭を下げた途端またメガネが落ちた。

そして、そのぶつかった相手の一人が、アスマ……遠衛遊馬だったのである。

拾ったメガネをかけなおした途端そのことに気付いた佑は、驚《おどろ》きのあまり固まった。

顔を上げたそこに、憧れのアニメキャラ——に似た男の顔があったのだから当然だろう。

けれど、驚いていたのはその相手も同じだった。

呼吸も忘れたようにまじまじと佑の顔を見つめ、そして言った。

『――佑？』

『⁉』

突然《とつぜん》、名前を呼ばれて佑はますます驚く。

『藤倉佑だろ？』

『ど……ど…して』

アスマが自分なんかの名前を知っているのか。

驚きと緊張《きんちょう》のあまり硬直《こうちょく》した佑に、相手は苦笑《くしょう》をこぼした。

『俺だよ、遊馬。遠衛遊馬』

『とのえ……？』

初めて聞くはずの「アスマ」の苗字《みょうじ》。

だが、佑はその苗字に――いや、フルネームに聞き覚えがあった。

『……ま、まさか…』

遠衛は佑の言葉に、ぱっと全開の笑顔《えがお》になる。

その笑顔に、わずかだが面影《おもかげ》があるような気がした。子どもの頃《ころ》の、少女めいた面立《おもだ》ちの…

…。

それに、遠衛なんていう苗字はそうそうあるものではない。

『ばかとの……』

『――ひどいなぁ。そんな風に呼ぶやつ、もういないって』

遠衛はぱちりと瞬《またた》いたあと、また笑った。


あれは本当に、まさかの事態だった。青天《せいてん》の霹靂《へきれき》といってもいいだろう。

まさか、校内一の有名人であり、絵に描《か》いたようなリア充。そして、ひそかな憧れを抱いていすらいた相手が昔の同級生――しかも、自分が格下扱《あつか》いしていたいじめられっこだったなんて。


それ以来、たとえ授業が一緒《いっしょ》であっても、校内や学バスなどで見かけても、佑のほうは遠衛を無視している。しようとしている。

なのに、遠衛のほうはやたらと話しかけてくるようになった。

今が九月末――明日《あした》から十月なので、もう半月ほど付き纏《まと》われている計算になる。

今日のようなのは日常茶飯事《さはんじ》だ。それどころか、飲み会にまで佑が一緒なら付き合ってもいいなどと言うせいで、自分まで見知らぬリア充に飲み会に来いとか、サークルに入れとか言われて非常に迷惑《めいわく》している。

飲み会もサークルも、そんなリア充の集まりは断固としてごめんだと断っている佑だが、逆に遠衛が佑のいるアニメーション研究会に入ると言い出したりもして……。

そんなことをされたら、佑の平穏《へいおん》な日々はたちまちどこかへ行ってしまう。サークルがサークルなだけにまさかとは思うが、遠衛目当ての女子学生がサークルに入ってくる可能性もゼロではない。

もちろん、アニ研にも女子はいるが、彼女たちは全員がオタク、もしくは腐《ふ》女子と呼ばれる人種だ。リア充の女子などが入ってきたら、もう二度と部室に現れないのではないかと思う。深山もその辺は考えているらしく、遊びに来るのは構わないからと遠まわしに入部を拒《こば》んでくれていた。

まぁ、その『遊びに来るのは構わない』を逆手にとった遠衛が、こうしてずかずかとサークルで使っているテーブルまで来たり、部室にまで顔を出したりするので、佑としては気が休まらないのだが……。

その上、こうなってみてはっきりわかったが、遠衛がトーマに似ているのはやはり外見と名前だけで、中身に関しては似ているところが皆無《かいむ》というわけではないが、八割方違う。

勝手な話だとわかってはいるが、正直、話すたびに違いにがっかりしてしまう。

——遠くで見ていたときは楽しかったなぁ……。

思わずため息がこぼれた。

「ったく、リア充はリア充らしく女と一緒にいればいいのに」

「四六時中一緒じゃめんどくさいだろ」

贅沢《ぜいたく》過ぎて言った相手によっては後ろから撃《う》たれそうな発言だが、おそらくこれは本音だろう。

きっと彼女たちを遠ざけるために、オタクである自分を盾《たて》にしているのだ。

さすがの彼女たちもこのテーブルで、食事したいとは思わないようだし……。

その代わりに、佑は彼女たちから突《つ》き刺《さ》さるような視線を浴びせられて、ますます三次元が嫌《きら》いになりそうである。

けれど、実を言えばこういう部分こそが、遠衛がわずかにトーマと似ているところであり、佑にとってのときめきポイントなのが厄介《やっかい》だ、と思う。

ちなみに『トーマ』というのは『ドラゴンランペイジ』というアニメに出てくるキャラクターだ。主人公と幾度《いくど》かは共闘《きょうとう》しながら、性格は冷酷《れいこく》で人間嫌《ぎら》い。そして最後に主人公に立ちはだかる敵でもあるという役割だった。魅力《みりょく》的な敵キャラとして、スピンオフ作品が作られるほどに人気がある。

佑はなぜか放映当時から、トーマのそんな冷酷さに釘付《くぎづ》けだった。もっとも、周囲のオタク友達は男性キャラであるトーマではなく、ヒロインたちに夢中だったため、この萌《も》えに関しては誰《だれ》かに熱く語ったことはほとんどない。

トーマって、かっこいいよな、というところまでは大抵《たいてい》同意が得られるが、その際には垣間《かいま》見えるやさしさや、世界に対して苦悩《くのう》する姿勢などが評価されていたからである。

とは言え、そんな冷酷さを自分に発揮されるのは、やはり喜ばしいことではない。

おそらく、遠衛は自分が子どもの頃に、遠衛をいじめたのを恨《うら》んでいるんだろう。だから、こういった形で利用しても構わないと思っているに違《ちが》いない、と佑は解釈《かいしゃく》していた。

——昔はこんなヤツじゃなかったのに。

心の中でそう呟《つぶや》いて、佑は子どもの頃の、おとなしかった遠衛のことを思い出す。

今は男らしい風貌《ふうぼう》と清潔感のある色気を売りにしているような遠衛だが、小学校時代はいっそ少女めいていると言っていいほどかわいらしい風貌の子どもだった。

おそらく、クラスで一番かわいいと言われていた女子よりも、かわいかっただろう。

自分がついつい遠衛をつつきまわしてしまったのも、その頃好きだったアニメのヒロインに遠衛が似ていたせいだった。

ようはちょっと気になる相手をいじめてしまうという、まぁ、よくある話。からかうこともあったが、一緒に遊ぶ仲でもあった。

だからこそ、何も言わずに遠衛が転校してしまったときはショックで……。

——あれ？

そこまで思い出して、佑は首を傾《かし》げた。

何も言わずに転校した……？

なんとなく、自分の思考に違和感《いわかん》を覚える。

遠衛の転校が突然だったことは、間違《まちが》いがないはずだ。ある日突然担任に告げられて、クラスが騒然《そうぜん》となったことを覚えている。

けれど、それ以前に何かがあって、転校するよりも前に自分は遠衛に構わなくなっていたような……?

不思議に思って遠衛の顔を見た、そのとき。

「おい、お前なんで人の席に座ってるんだよ?」

響の声に、佑ははっとして振《ふ》り返る。といっても、声をかけられたのは佑ではなく、遠衛のほうだ。

「俺が来たときは空いてたし、学食のどの席に座ろうが俺の勝手だろ?」

「まぁまぁ、僕そろそろゼミ室に行くから、響くんはここに座りなよ」

そう言って深山がトレイを持って立ち上がる。おそらく遠衛が響の席に座ったときから、響が戻《もど》ってきたらそうするつもりだったのだろう。

「そんないいですよ、こいつがどけば済む話なんですし」

「俺はまだ食ってる」

響の言葉に、遠衛はわざと怒《おこ》らせようとでもしているのかと思うような、愛想《あいそ》のまったくない声でそう言った。最近気付いたのだが、どうも遠衛は響があまり好きではないらしい。

おそらく、遠衛を迷惑に思っている佑を慮《おもんぱか》った響が、遠衛に対して厳しい態度をとることが原因なのだろうが……。

学食内にいる学生たちの視線がこちらに集まっているのを感じて、佑はため息をついた。

「もう、いい加減にしろって」

結局、佑が二人に割って入ることになる。自分が原因なのだから、ほうっておくこともできない。

そうしてなんとか仲をとりなしているうちに、先ほど浮《う》かんだ疑問はどこかへと消え去ってしまったのだった……。


そんなある日のことだ。

佑は、座席が階段状になっている大講義室で、レポートを作成していた。

ちなみに、遠衛と響に挟《はさ》まれた席順である。

生命科学の授業は毎回、教授による講義とスライドのあと、それをレポートにまとめる時間を三十分ほどとり、提出した者から帰っていいという内容となっていた。

現在はすでにレポートの時間になってから十五分ほどが過ぎており、大講義室内はレポートの終わった学生や、話しつつレポートを進める学生でざわめいていた。

「アスマ」

前の席に誰かが座り、そう遠衛に声をかけてきたのは、佑が書き上げたレポートを一読していたときだった。

もちろん、全く興味のない佑は顔を上げることはなかったが、話している内容までをもシャットダウンすることはできない。聞く気はなくとも耳に入ってきてしまう。

「来週の金曜って空いてる？」

「ん？」

「金曜？」

「聖華《せいか》女子なんだけど、出てくんねーかな？」

その言葉に、佑は思わずむっと眉間《みけん》に皺《しわ》を寄せた。

聖華女子というのは、同じ沿線にある女子大のことだ。出て欲しいというのは、合コンの誘《さそ》いで間違いないだろう。

ちなみに、聖華女子はかわいい子が多いと評判の、幼稚舎《ようちしゃ》からあるお譲《じょう》様学校でもあり、非常に人気が高いらしい。

合コンにも、三次元女子にも全く興味のない佑が、そんなことを知っているのにはわけがある。

「んー、佑が行くならいいよ」

遠衛はあっさりそう言った。

佑は、その言葉に思わず遠衛へと視線を向けた。横目でこちらを窺《うかが》っていた遠衛と、視線がぶつかる。途端《とたん》、遠衛は口元に笑《え》みを浮かべた。

――そう、原因はこれだ。

遠衛がこうして合コンの誘いを佑に振るので、どうにか佑を取り込めないかと思う相手が合コン相手の女子のことをアピールしてくるのである。

聖華女子についての説明も、何度となく聞かされていた。

「お前なぁ、いい加減にしろよ」

ため息と一緒《いっしょ》に、吐き捨てるように言って、佑は遠衛を睨《にら》みつけた。

「断りたいならもっとはっきり断れ！　人を巻き込むなっ」

「断りたいなんて言ってないだろ？　予定自体は空いてるし、本当に佑が行くって言うなら一緒に行くさ」

そう言った途端、前に座っていた男の視線が佑を捕《と》らえる。

いかにもリア充《じゅう》そうな男の視線に、佑は怯《おび》えたように肩《かた》を揺《ゆ》らし、ぎこちなく顔を伏《ふ》せる。

けれど、一瞬《いっしゅん》目に入った相手の目は、こいつを連れて合コン？というような困惑《こんわく》と嘲笑《ちょうしょう》、そして苛立《いらだ》ちが混じり合っているように見えた。

それも当然だろうと、佑は思う。

「こういうの、やめてやれよ」

そう言ったのは、佑でもなければ遠衛に合コンの話を持ってきた男でもなく、響だった。

「響には関係ないだろ」

けれど、相変わらず遠衛は響に対してはにべもない。

「関係ないことに佑を巻き込もうとしてんのは、お前のほうだろ」

「はぁ？　なんだよそれ。俺は単に合コンに出るなら友達と一緒に出たい、って言ってるだけだろ？」

響の援護《えんご》はありがたいが、このままでは、ますます注目されてしまいそうだ。

佑は息を詰《つ》めたまま、テーブルの上にあったファイルや、筆記用具などをリュックへざっと流し込むようにしまい、立ち上がった。

「俺は合コンには出ないから。——響、俺今日はもう帰る。ごめん」

「えっ、佑っ？」

それだけ言って、あとは遠衛を押しのけるようにして通路に出ると、振り返らずに階段を下りて教壇《きょうだん》に向かう。

そして教壇にレポートを載《の》せると、そのまま前のドアから講義室を出た。

この講義室の入り口は後ろに六つ、あとは前に左右一つずつある。教授などが入室の際に使っているドアだが、生徒が使ってはいけないという決まりがあるわけではない。

佑は小走りに階段を下りたせいで、ずり落ちていたメガネを押し上げつつ、バス停へと向かう。

こんなことはよくあることだ。

遠衛が女性関係の面倒《めんどう》を避《さ》けるために佑を使うことも、遠衛と響の二人が言い合いをすることも、そのせいで注目を集めることも……。

けれど、やっぱり何度あっても慣れないことが一つある。

それが、あの『視線』だった。

リア充がオタクを見るときの、あの視線。

あの目で見られることが、佑は本当に苦手だ。いや、きっと佑だけではない。オタクならきっと誰《だれ》もが苦手なのではないかと思う。

違《ちが》う星の生き物を——しかも、自分より劣《おと》っているものを見て、値踏《ねぶ》みするような……そんな視線。

「佑！」

自分を呼ぶ声がしたのは、バスに乗り込もうとしたときだった。

声の主は遠衛で、佑にもそれがわかっていたが、当然のように無視してそのままバスに乗る。

一人がけの席に座ると、少しして横に誰かが立った。

「怒《おこ》った？」

「話しかけんな」

そう言って、佑は半ば体を捩《ねじ》るようにして窓のほうを向く。

「悪かったって」

「…………」

謝罪の言葉にも佑は一切《いっさい》反応しないまま、ひたすら窓の外の見慣れた風景に目を凝《こ》らしていた。

子どもっぽい態度だということはわかっていたけれど、口先だけだとしか思えない謝罪を受け入れる気にはなれない。

佑の取り付く島もない態度に、さすがの遠衛も諦《あきら》めたのか、バスが駅前に到着《とうちゃく》し下車するまで一言も声をかけてこなかった。

それはいい。願ってもないことだ。そうして黙《だま》っているだけでも、遠衛が車内の視線を集めているのは間違いなかったし、話などしたらまた注目されてしまう。

だが……。

そう思っていられたのはバスを降り、アパートに着くまでのことだった。

「お前なっ」

くるりと佑は振《ふ》り返り、斜め上にある遠衛の顔を睨みつける。

「なんでついてくるんだよっ!?」

佑の住むアパートは、大学の最寄《もよ》り駅から徒歩で十分ほどの場所にある。

遠衛は電車通学のため、踏《ふ》み切りを渡《わた》ってしまえば駅へと向かう遠衛とは自然に別れられるはずだった。

なのに、今日はバスを降りたあと、佑が踏み切りを渡り、商店街を通り抜《ぬ》けて、ついにはアパートの敷地《しきち》に入っても、ずっとすぐ後ろをついてきているのだ。

一体何のつもりかと、訊《き》きたくなっても当然だろう。

だが、激昂《げっこう》する佑に遠衛はにっこりと微笑《ほほえ》んだ。

「やっと喋《しゃべ》る気になった？」

「————！　おっ……お前なぁ……」

「ふうん。ここがお前のアパートか。結構いいところだなぁ」

一瞬カッと頭に血が上った佑だが、のんきにそんなことを言っている遠衛を見たら、どっと力が抜けてしまう。

佑は、はぁぁぁ……と、深いため息をこぼした。

「中はどうなってんの？」

「どうって……普通《ふつう》の１Ｋだよ」

「ふぅん。何号室？」

「……………一〇一だけど」

「そっか。あ、角部屋？」

言いながら、特にロックなどがかかっているわけではない集合玄関《げんかん》の扉《とびら》を遠衛が開ける。佑は胡乱《うろん》な目で遠衛を見上げた。

この分では、帰れといっても簡単には帰らないに違いない。一度遠衛とはきちんと話し合うべきなのではないかと、思っていたのだ。

けれど、これもいい機会なのかもしれない。一度遠衛とはきちんと話し合うべきなのではないかと、思っていたのだ。

佑は再びため息をつくと、遠衛が開けた集合玄関の扉を潜《くぐ》り郵便受けを見る。入っていたDMを管理会社が用意してくれている専用のかごに捨て、ポケットから部屋の鍵《かぎ》を取り出した。

一〇一号室は、集合玄関からすぐの角部屋である。

鍵を開けてドアを潜ると、案の定なんの断りもなく遠衛が入り込んできた。

「おじゃましまーす」

「……言っとくけど、別に客として招いたわけじゃないからな。お茶なんて出さないし、用意もしてないから」

「ああ、いいよいいよ。俺も別にお茶が飲みたくて来たわけじゃないから」

別に嫌味《いやみ》でもなく、本当にそう思っているらしい軽い口調で言われて、こいつは何をしに来たんだろうと佑は不思議になる。

状況《じょうきょう》からすれば謝罪のためかと思うところだが、ここまでの態度に反省しているような点は見当たらなかったと思う。いや、一応謝罪の言葉はあったが、心がこもっているとはとても思えないようなものだった。

首をひねりつつ四畳《じょう》程度のキッチンを抜けると、八畳ほどの広さの部屋がある。学生向けの1Kの部屋は、ものが多く雑然としていた。

三つある本棚《ほんだな》の二つには漫画《まんが》がぎっしりと詰まり、残りの一つはライトノベルなどの文庫や新書、DVDやブルーレイディスク、そしてフィギュアの飾《かざ》られた透明《とうめい》のコレクションボックスなどが置かれている。

そのほかにはベッドと、パソコンの載ったデスク、教科書などが並ぶチェストに、テレビとブルーレイのデッキが収められたテレビ台、折りたたみのできる小さなテーブルがあった。雑誌が堆《うずたか》く積まれた塔《とう》のようなものが、三つほど部屋の隅《すみ》を占拠《せんきょ》している。

佑は薄手《うすで》のパーカーを脱《ぬ》ぐと、クローゼットの取っ手に引っ掛《か》けてあったハンガーにかけ、空気を入れ替《か》えようと窓を開ける。フィギュアなどが日に焼けるのを防ぐために、遮光《しゃこう》カーテンは閉めたままだ。

遠衛はものめずらしそうに、室内を見回している。けれど、佑が見る限りその目には嫌悪感《けんおかん》はなく、ただ純粋《じゅんすい》に興味深そうな表情に見えた。

同じリア充《じゅう》でも、遠衛に対してぽんぽんと文句を言うことができるのは、遠衛があの目で自分を見ないからだと気付いて、佑はなんだか複雑な気持ちになる。

もちろん、だからといって許す気にはなれないが……。

「――好きなとこ座れば？」

客として迎《むか》える気はないと言ったものの、いつまでも立ったまま部屋の中を見回されているのも落ち着かない。佑はそう言うとPCデスクの前の、キャスターつきの椅子《いす》に座った。

遠衛は頷《うなず》き、特に迷う様子もなくベッドへと腰《こし》を下ろす。

「単刀直入に訊くけど……お前、なんで俺に付き纏《まと》うんだよ？」

その問いに、遠衛は一瞬《いっしゅん》だけ驚《おどろ》いたように目を瞠《みは》ったあと、にっこりと微笑んだ。

「だから、いつも言ってるだろ？　佑のことが好きだから」

遠衛のファンならばうっとりするだろうそれも、佑には胡散臭《うさんくさ》い、としか思えない。

「その冗談《じょうだん》はもう聞き飽《あ》きたっての！　そんなの信じられるはずないだろ」

人の目のないところでなら素直《すなお》に話すかと思ったのだが、そう簡単にはいかないようだ。

迷った末、佑は自分の考えを口にしてみることにする。

「お前……やっぱり俺のこと恨《うら》んでるのか？」

「――は？」

恐《おそ》る恐る言った佑に、遠衛は驚いたようにパチリと瞬《またた》いた。

切れ長の目が丸く見開かれている。

「とぼけるなよ。お前、俺が子どもの頃《ころ》お前のことといじめたのを、根に持ってるんだろ？　だから、俺のことを陥《おとし》れようとして……って、な、何笑ってんだよっ」

突然《とつぜん》笑い出した相手に、佑はぎょっとしてそう怒鳴《どな》った。

「ごめんごめん。けど、あんまり突飛《とっぴ》なこと言い出すからさ……。なんだ、ずっとそんな風に思ってたの？」

「……違《ちが》うのかよ？」

「全然違う。的外れもいいとこだな」

笑ってそう否定されて、佑はむっとして遠衛を睨《にら》みつけた。

「じゃあ、なんだよ？」

「好きだからだって、今言っただろ？」

堂々巡《どうどうめぐ》りの返答に、佑は頭《かぶり》を振る。

「それはもういいって言ったよな？　そんなの、何度言われても俺は絶対に信じないし、騙《だま》されないからなっ」

吐《は》き捨てるように佑がそう言うと、部屋の中に沈黙《ちんもく》が落ちた。

遠衛の目が、まっすぐに佑を見つめる。

「――どうして信じないんだ？」

いつになく静かな、どこかひやりとするような声色《こわいろ》にどきりとした。

「ど、どうしてって」

いつもとは違《ちが》う遠衛の態度に、佑はおどおどと視線を泳がせて、ゴクリと生唾《なまつば》を飲み込む。

なんだろう？　これは。

背筋がぞわぞわする。

それでも、佑はなんとか口を開いた。

「……俺とお前じゃ住む世界が違うし、お前が俺を好きになるはずがないからだよ」

「好きになるはずがない？」

——ほら、まただ。

遠衛の声も、表情も、いつも大学で見るものとは全く違った。今までも、ときどきはっとすることがあったけれど、これはそんなレベルではない。

まるで本当にトーマみたいだ、と思う。

こんな遠衛は知らない。自分の知っている遠衛ではない。

怖《こわ》いと思うのに、もう目が離《はな》せなくなっていた。

「だったら証明してあげるよ」

そう言うと遠衛はベッドから立ち上がり、佑に近付いてくる。

逃《に》げ出すこともできず、強く肘《ひじ》掛けを握《にぎ》った佑の手に遠衛の手が重なり、ぐっと押さえつけられた。

佑はカタカタと小刻みに震《ふる》えながら、それでもなお遠衛を見つめる。

目が、離せなかった。

「怖い？」

　ふ、と遠衛が笑う。

　ばかにされているのかと思い、睨もうとしたけれどうまくいかない。極近くにある遠衛の瞳《ひとみ》の中に映る自分は、泣きそうな顔をしていた。

「は、離れろよっ」

「離れたら証明できないだろ」

　そう言った遠衛の唇《くちびる》が、佑の唇にそっと触《ふ》れた。

「っ……？」

　佑は一瞬何が起こったのかわからず、呆然《ぼうぜん》と目を見開く。

　そうする間に、もう一度ゆっくりと唇が重なる。ちゅ、と軽く吸われてようやく、佑はこれがキスだと気付いた。

「やめろ……っ」

　慌《あわ》てて振《ふ》り払《はら》おうとして、両手が押さえられたままだったことを思い出す。

「なんでこんな嫌《いや》がらせ……」

「嫌がらせだと思うんだ？」

　怒《おこ》ったような瞳に見下ろされて、佑は言葉に詰《つ》まる。

　けれど、嫌がらせでないとすればなんだというのだろう？

――証明してあげるよ。

さきほどの遠衛の言葉が耳の奥によみがえる。証明？　これが？

「じゃあ、俺が本気だってこと、わからせてあげる」

言葉と同時に遠衛は佑の唇をぺろりと舐《な》め上げた。そして、そのまま強引《ごういん》に舌を差し入れる。

佑は初めて感じる他人の舌の感触《かんしょく》に、本気で泣きそうになった。

気持ちが悪い、と思う。まるで生き物のようで、それが自分の口の中を動き回るのが、とんでもない異常事態のような気がした。

けれど、怖くてどうしていいかわからない。

入り込んだ舌を嚙《か》むことなどおそろしくてできなかったし、手は相変わらず肘掛けに押さえつけられたままだ。

そうこうしているうちに、徐々《じょじょ》に息が上がり、酸欠で頭がくらくらとしてくる。

その上、上あごの裏を舌先でくすぐるようになぞられると、ぞわりと何かが背筋を震わせた。

気持ちが悪いだけではなくて、何か別の感覚が混ざりそうになる。

口の端《はし》から唾液《だえき》がこぼれた。でも、もう佑にはそれを意識することすらできなかった。

いつの間にか左手が自由にされていたことにも、遠衛の手が佑のベルトを外したことにも気付かないまま、初めてのキスに翻弄《ほんろう》される。

ようやく唇が離れたときには、そのままぐったりと背もたれに体を預けてしまった。リクライニング機能のある背もたれが後ろに傾《かたむ》く。

そして……。

「な、なんだよ、これ……っ」

気付くと佑の両腕《りょううで》は、椅子の肘掛けにベルトでぎっちりと縛《しば》りつけられていた。片方は見覚えのある自分のベルト。もう片方のベルトはおそらく遠衛のものなのだろう。いつの間にと思ってウエストを見ると、ベルトだけでなくボタンも外されて、下ろされたファスナーの隙間《すきま》から下着が見えていた。

縛られたという事実と服を乱されたことに驚愕《きょうがく》して、佑は体をこわばらせる。

「暴れられると面倒《めんどう》だから」

くすりと、まるでどうということのないいたずらをしたような顔で笑われたのが、逆におそろしい。

――なんだろう、これは？

遠衛が何を考えているのか、佑には全く理解できない。

これからどうなってしまうのかと思うと、緊張《きんちょう》でのどがからからに干上《ひあ》がっていくようだった。

「そんなに不安そうな顔しなくても、大丈夫《だいじょうぶ》。好きだってことを証明するって言っただろ？」

そう言われても、不安な気持ちに変わりはない。

好きだと証明することと、動けないように拘束《こうそく》することの因果関係が、佑にはさっぱりわからなかった。

「な、何すんだよ……っ」

震える声でそう言った佑の胸に、遠衛の手が触れる。

「すごいどきどきしてる。怖い？　それとも――期待してる？」

「き、期待って……」

そんなわけないだろうと口にする前に、遠衛の指が探《さぐ》るようにTシャツの上を滑《すべ》る。

「本当に、これから何されるかわからない？」

囁《ささや》くような声に、佑は怯《おび》えたように頭を振った。

まさか、と思う気持ちがないわけではなかったが、そんなわけがないと思う。

遠衛が自分を犯《おか》そうとしている、なんて……。

けれど、そうやって頭で否定しているうちにも遠衛の指は動き続け、やがて一箇所《かしょ》で円を描《えが》くようになる。

「ここに何があるかわかる？」

円の中心には触れずに、遠衛が訊《き》いた。

佑はまた頭を振る。

「わからない？　本当に？」

迷った末、今度はこくりと頷《うなず》く。けれど。

「いっ！」

突然《とつぜん》ぎゅっとそこを抓《つね》られて、佑は悲鳴を上げる。驚《おどろ》いて遠衛を見ると、ぞくりとするような眼《め》が自分を見下ろしていた。

「恥《は》ずかしがって黙《だま》るのはいいけど、嘘《うそ》はつくな」

「…………」

命令口調にどきどきと心臓が騒《さわ》ぐ。

「いい？」

そう問われて、佑はまるで熱にでも浮《う》かされたかのように頷いていた。

「じゃあ、もう一回。ここにあるのは、何？」

一度きつく抓られたせいでまだじんじんとする場所を、指がゆっくりと撫《な》でる。

「…………」

佑はキュッと下唇《くちびる》を嚙んだ。

「言えない？」

「……い、言えない」

そう答えながらも、自分がどうして言えないのかがわからない。そこにあるのは乳首《ちくび》だ。ただ、そう言えばいいだけのこと。

けれど、どういう心理なのだろう？　どうしても、それを言うのは恥《は》ずかしいことだ、口には出せないと思ってしまう。

「なんで言えない？　恥ずかしい？」

だから、その問いには迷わず頷いた。

「ま、それもそうか。こんなに尖《とが》らせてるんだしな？」

「な……何言ってっ」

「本当のことだろ？」

そう言って遠衛はTシャツの生地《きじ》を押し上げている尖りを、中指の腹で強く擦《こす》る。

「っ……」

じんとささやかな、けれど確かな快感が腰《こし》の奥へと伝わり、びくりと佑の腹筋が震《ふる》えた。縛られた腕《うで》の下で可動式の肘掛《ひじか》けがかたりと音を立てる。

「い、今の……何――あっ」

今度は指の先、爪《つめ》で引っ掛《か》けるようにして上下に弾《はじ》かれる。

「気持ちよさそうだなぁ」

「っ……ち、ちが…あぁっ！」

頭《かぶり》を振った途端《とたん》また強く抓られた。そのままぎゅっと引っ張られると、鋭《するど》い痛みに涙《なみだ》がこぼれそうになる。

「や…っ、は、離《はな》せ…離して…っ」

そう口にしてから、嘘をつくなと言われたことを思い出して、佑は慌《あわ》ててガクガクと頷いた。

「き、気持ちいい、から…！」

「ああ、どうやらそうみたいだね」

ようやく指が離れて、ほっと息をついた佑は、遠衛の言葉に引っ掛かりを覚えて顔を上げる。

「乳首抓られただけで、こんなにして……佑ってドM《エム》だったんだ？」

呆《あき》れたような表情と声。遠衛の視線の先を見て、佑はぎょっと目を瞠《みは》る。

「な、なんで……」

下着の下で、佑のものは確かに硬《かた》くなり始めていた。

「こっちが訊きたいな？　痛いのが好きなの？」

「す……」

好きじゃないと言いかけて、佑は思わず口をつぐんだ。

好きじゃない。そのはずだけれど、また嘘だと断じられたらどうしよう、と思ってしまったのである。

「それとも、いじめられるのが好きなのか？」

「っ……ち、がう…っ」

今度は迷いながら、それでも頭を振《ふ》った。

「ふうん？　まぁ、そのうちわかるだろ。嘘だったら何してもらおうかな」

そう言いながら、遠衛は佑の目をひたり、と覗《のぞ》き込んだ。

嗜虐《しぎやく》の色を宿したその瞳《ひとみ》に、体の奥がとろりと溶《と》けそうになるのを感じで、佑は必死で視線を逸《そ》らす。

――おかしい。こんなの、変だ。

自分の体なのに、自分の心なのに、まるですべてが自分を裏切ろうとしているような気がした。

「遠衛……もう、やめろよ」

「うん？」

「こ、こんなの冗談《じようだん》じゃ済まないだろっ」

「冗談だと思われないために、してるんだろ」

遠衛は佑の言葉にそう笑うと、Tシャツを捲《まく》り上げる。

「ああ、こっちだけ真っ赤になってる」

「っ……ぁ」

遠衛の言葉通り、佑の乳首は左だけが赤く尖り、まだ触《ふ》れられていない右側とはまるで別のもののように見えた。

「これ、口で咥《くわ》えて」

「え……」

そう言って、遠衛はTシャツの裾《すそ》を佑の口元までたくし上げる。

「な、なんで俺が、そんなこと……」

口元に当てられた布地は、佑の体臭《たいしゅう》が薄《うす》いせいだろう。一日着ていたにもかかわらず洗濯物《せんたくもの》のにおいがした。そういう意味での嫌悪感《けんおかん》はあまりない。

だが、まるで自分から胸を見せるような格好になることには、抵抗《ていこう》があった。

「口になんか入れといたほうが、声が漏《も》れなくていいだろ？　窓、開いてるんじゃないのか？」

「……！」

その言葉に佑ははっとして、窓のほうへ視線をやった。

カーテンが風にゆらゆらと揺《ゆ》れているのが見える。

――そうだ、さっき空気を入れ替《か》えようと思って……。

自分がおかしなことを口走らなかったかどうか、心配になった。

ここは集合玄関《げんかん》に最も近い角部屋であり、一階の住人ならば全員部屋の前を通る。二階への階段も部屋のすぐ横にあるため、下手《へた》をすれば二階の住人にまで、声を聞かれる可能性があった。

インドアで、オタクの佑には近所づきあいなどなかったが、それでも隣人《りんじん》に変態だと思われるのは耐《た》えがたい。

「佑？」

促《うなが》すように名前を呼ばれて、佑の肩《かた》がびくりと揺れる。

「ほら、口を開け」

命令口調でそう言われて佑は息を呑《の》み、ほとんど反射的に唇《くちびる》を開いていた。すぐに口に突《つ》っ込まれた布地をわずかにためらいつつ噛《か》む。

「そう、いい子だ」

褒《ほ》められて、頬《ほお》を紅潮させながらも、佑は自分が遠衛の言いなりになってしまったことに衝《しょう》撃《げき》を受けていた。

まるで、体の中に自分が二人いるようだと思う。

「ん……っ」

両方の乳首を両手で同時に弄られて、佑はぐっと奥歯に力を込めた。

歯の間で、まだ乾《かわ》いている布地がきしりと音を立てる。

どちらも同じように指で擦られているのに、二度も抓られたほうの乳首はわずかにちくりとした痛みと、じんじんとした痺《しび》れるような感覚を、初めて触れられるほうはくすぐったいようなささやかな快感を伝えてくる。

二つの異なる感覚に翻弄《ほんろう》されて、佑の鼻息が次第《しだい》に荒《あら》くなっていく。咥《くわ》えさせられたTシャ

ツの裾は唾液《だえき》で湿《しめ》り、布の色が変わっていた。

「んんっ」

尖りを指で捏《こ》ねるようにされ、そっと摘《つま》まれると鼻から抜《ぬ》けるような声がこぼれる。

「気持ちがいい?」

そう問われて、佑は少しの躊躇《ちゅうちょ》のあと、顎《あご》を揺らすようにわずかに頷《うなず》いた。

指の間に捕《と》らわれている乳首《ちくび》を、また抓《つね》られるのが怖《こわ》い。だから仕方ないのだ、と自分に言い聞かせた。

「乳首だけで感じて、べとべとにするくらい?」

「っ……」

べとべとになんてなってない、と言いたかったが、あいにく口は塞《ふさ》がれている。

けれど、それでよかったのかもしれない。

「ほら……もう下着の色が変わってる。気付いてなかったのか?」

「!?」

そう言って遠衛が下腹部に手を置き、下着の上から軽く撫《な》でた途端、くちゅりと濡《ぬ》れた音がした。

そのまま強引《ごういん》に下着ごとジーンズをずり下ろされると、空気に晒《さら》された部分がひんやりする。

濡れていた証拠《しょうこ》だ。

「まだ触《さわ》ってもいないのに、先端《せんたん》がぴくぴくしてる。こんなに濡らして……とんだ変態だな」

「ひが……っ」

Tシャツを咥えたまま、佑は頭《かぶり》を振る。

だが、変態だと罵《ののし》られて、頭の芯《しん》がくらくらと揺れた気がした。なんで、自分がこんな気持ちになるのかがまるでわからない。

「違わないだろ？」

「ふぅぅっ」

ぎゅっとまた乳首を抓り上げられて、佑はびくりと体を震《ふる》わせた。

「ほら、また透明《とうめい》なのがこぼれてきた」

楽しそうに言われて、嘘《うそ》だ、と思う。そんなはずがない。

「信じられない？」

遠衛の言葉に、佑はこくりと頷いた。

「――じゃあ、見てみればいい」

「んんっ？」

突然《とつぜん》、ぐるりと視界が回った。

遠衛が椅子《いす》を回転させたのである。そしてそのまま、一メートルほど移動させられ、佑はこれからどうなるのかと、体を硬《かた》くする。

「これ、全然使ってないみたいだけど、鏡だよな？」

「……！」

楽しそうに言われて、佑は息を呑んだ。

確かに目の前に置かれているのは、姿見だった。

といっても、全く使われていないそれは服やバッグがかけられている上に、裏を向いていて今は木目がわずかに覗いているだけだ。

けれど、遠衛が何をしようとしているかにわかる。

やめろ、と言いたかった。だが、口にはTシャツが入っていて意味のある言葉を発することはできない。

案の定、遠衛はその服やバッグを無造作に床《ゆか》に落とし、くるりと姿見をひっくり返してしまった。

そこに映された自分の姿に、佑は一瞬《いっしゅん》目を見開き、それから顔を逸らしてぎゅっと目を閉じる。

だが、いくら目を閉じても、その一瞬の光景は、佑の目にはっきりと焼きついてしまった。

腕《うで》を縛《しば》られているにもかかわらず、Tシャツを咥えさせられているせいで、自ら晒しているかのように見える上半身。その胸元《むなもと》には、乳首が赤く尖《とが》り、中途半端《ちゅうとはんぱ》に乱された下肢《かし》の中心は、遠衛の言葉通りに硬く立ち上がり、先走りをこぼしている。

自分のそんなあられもない格好を見せられて、佑の心臓は激しく高鳴っていた。

「目を開けて、ちゃんと見ろよ」

そう言って、遠衛の指が佑の顎を掴む。

無理やり前を向かされて、それでもまだ佑は目を開くことができなかった。

けれど……。

突然、ピロリンとどこか間の抜けた音がして佑は、はっとする。

「な、なんだ…今の」

慌《あわ》てて目を開くと、鏡には携帯電話《けいたいでんわ》を構えた遠衛が映っていた。写真を撮《と》られたのだと気付いて、さっと血の気が引く。

「見ないなら、あとでゆっくり見せてやろうと思ったんだけど」

くすりと笑われて、喋《しゃべ》った弾《はず》みでTシャツの外れた口元を拭《ぬぐ》われた。

「け、消して……っ」

「どうするかなぁ？」

必死で言い募《つの》ると、遠衛は見せ付けるようにその画像を呼び出して、佑の目の前に差し出す。

鏡に映った佑はわずかに顔を背《そむ》けていたが、誰《だれ》かわからないということは決してない。佑を知る人間が見れば一瞬で判別できるだろう。

「これ、消して欲しい？」

「消して欲しいに決まって……！」

「なら、ちゃんと見て」

言われて、佑はぐっと唇を噛み、それから鏡を――鏡に映る自分の姿を見つめる。

羞恥《しゅうち》に頬《ほお》が燃えるようだった。

Tシャツを咥《くわ》えていないだけ先ほどよりマシだが、それでもひどい格好なことに違《ちが》いはない。

赤い頬。乳首。そして……。

「気付いてるか？」

「え……？」

「こんな目に遭《あ》っても、ここは、ちっとも萎《な》えてないってこと」

「う……う、そ…」

遠衛の言葉にはっとする。

確かに自分のそこは、こんな目に遭ってもなお、硬く立ち上がったままだった。

いや、むしろさっきよりも膨《ふく》らんでいる気さえする。

「佑がこんな淫乱《いんらん》だなんてな」

「ち、ちが……」

「違わない」

「あぅっ」

背後から回された手で、ぐりりと乳首を押し込むようにされて、佑は悲鳴を上げた。

「乳首を弄られただけで……ほら、かわいいのがぴくぴく動いてるのが見えるだろ？」

言葉通り、自分のそこが反応しているのが鏡に映っているのを見て、佑は泣きそうになる。

「かっ……かわいいとか言うな…っ」

確かに自分のものは平均より少し小ぶりかもしれないと、前々から気になってはいた。それをはっきりと指摘《してき》されて、ますます恥《は》ずかしくなる。

「このままずっと弄ってやったらどうなるかな？　確かめてみるか？」

「や……めっ……んぅっ」

押し込まれたことに反発するように、ますます尖ってしまった乳首を親指と人差し指の腹でくにくにと揉《も》みこむように刺激《しげき》される。

「いた……ぁっ」

やわらかな刺激だけでなく、ときどき強弱をつけてきゅっと摘まれ、そのたびにびくびくと腰《こし》が跳《は》ねた。

くすりと遠衛が笑う。

「声、我慢《がまん》しなくていいの？」

「っ……！」

そう言われて、佑ははっと目を瞠《みは》った。

「もう一回、これ、咥えさせて欲しい？」

遠衛は色の変わったTシャツの裾《すそ》を、ぐっと持ち上げる。

佑はぐっと言葉に詰《つ》まった。

「佑がアンアン言って、ドM《エム》の変態だってアパート中に知られても俺はいいけど……」

「んっ」

膨らんだように感じる乳首《ちくび》を引っ張られて、佑は少しでも衝撃《しょうげき》を和《やわ》らげようと胸を前に突《つ》き出した。後ろに傾《かたむ》いていた背もたれがゆっくりと元に戻《もど》っていく。だが、腕を縛られているせいでそれ以上前に出ることはできない。

「あっ、ぁっ……っ」

「イクときの声、みんなに聞いてほしい？」

「や、やだ……ぁっ」

「いや？　だったら『咥えさせてください』って言ってみろよ」

「く……咥えさせて、くださ……？」

思わず何も考えられずに復唱してから、エロゲーのヒロインのような台詞《せりふ》だと気付いて顔が熱くなる。

遠衛はそんな佑にくすくすと声を立てて笑いつつ、約束通りTシャツを口元まで持ち上げた。

「いい練習になっただろ？　今度はもっと違う場面で言ってもらうからな」

「っ……」

その言葉に佑は頭《かぶり》を振《ふ》ったが、遠衛はそんな佑の反応は完全に無視して、佑の足の間に手を伸《の》ばした。

「ああ、もうぐちゃぐちゃだな。下着が濡《ぬ》れて、Tシャツと同じくらい色が変わってる」

「んっんんんっ」

ぬるりと一度指で撫《な》でるように刺激されて、それだけで腰ががくがくと震《ふる》える。あと一撫でされたら、イッてしまいそうだった。

けれど、指がそこに触《ふ》れたのはその一瞬だけで、遠衛の指はすぐに佑の胸元へと戻ってしまう。

「んんっ」

だが、その感触《かんしょく》は先ほどまでとは全然違《ちが》うものだった。

「気持ちがいい？　ちょっと濡らしただけで全然違うだろ？」

言われて見れば、遠衛の指はわずかに濡れている。

それが自分のこぼしたものだと気付いて、ぎゅっと奥歯を嚙《か》み締《し》めた。ぬるぬると滑《すべ》るような感触がしたのはそのせいだったのだろう。

否定したらきっとまた、嘘《うそ》だと言われていじめられてしまう。そうわかっていたのに、佑は咄嗟《とっさ》に頭を振っていた。

た。

「ふぅうう」

案の定、濡れた指に乳首を強く摘《つま》まれて、佑はたまらずに目を閉じると、がくんと顎《あご》を上げた。

同時にパタパタと腹を濡らすものがあり、佑は自分がイッてしまったことに気付く。

呆然《ぼうぜん》と目を開けると、へその辺りから胸元《むなもと》にかけて、白い液体が飛び散っていた。

「なんだ、もうイッたのか？」

呆《あき》れたような声が降ってきて、佑はびくりと肩《かた》を揺《ゆ》らす。

遠衛の手のひらが腹に触れ、佑の出したものを塗《ぬ》り広げるように動いた。

その感触を気持ちが悪いと思うのに、同時にまたぞわりと背筋を快感が走る。自分の体なのに、それがどうしてなのかわからず、おそろしい。

本当に自分はどうなってしまったのかと思う。

拘束《こうそく》されて、乳首を弄られて、それだけでこんな風に……。

「今回は許してやるけど、次は俺の許しなくイッたらお仕置きだから」

「っ……」

あんまりな台詞に絶句した佑に構わず、遠衛はずり下げられていた佑のジーンズと下着をそのまま取り去ると、佑の右足を椅子《いす》の座面に乗せてしまう。がくんと、リクライニングが最大まで傾く。

その体勢にうろたえ、慌《あわ》てて足を下ろそうと暴れたが、足の間に入られていては蹴《け》ることもできない。その上、足首を押さえられた右足は、力の差なのか体勢のせいもあるのかわからないが全く動かせなかった。

「んんんっ」

突然《とつぜん》、足の奥の狭間《はざま》に指が触れて、佑は目を瞠る。

「自分で弄ったこととかある？」

その問いかけに、あるわけがないと頭を振る。もちろん、そこを使った性行為《せいこうい》があることを知らないわけではないが、自分で試《ため》してみようなどと考えたこともなかった。

「そっか。じゃ、ちょっと痛いかもね」

「んーっ!!」

言葉と同時に、ぐっと、遠衛の指が佑の中に入り込んでくる。

「ふ……ふぅ……っ」

遠衛の言うような痛みはなかったが、異物感がひどい。

「あれ？　案外あっさり入ったな……この分なら、すぐに飲み込めるようになりそうだ」

遠衛の言葉に、佑は信じられないと言うように頭を振った。

「信じられない？　すぐにわかるよ」

「ん……ぅっ」

中を探《さぐ》られているうちに、遠衛の指がある一点を掠《かす》め、佑の膝《ひざ》が揺れる。

「ああ、ここかな。気持ちがいい？」

「んぅっ」

遠衛が指で見つけたばかりの前立腺《ぜんりつせん》をぎゅっと擦《こす》った。

腰が溶《と》けてしまいそうだと思う。けれど、佑は頷《うなず》くことも首を振ることもできないまま、ただ、ぐっとあごに力を入れた。

「ほら、気持ちがいいんだろ？」

「ふっ、んっ、んぅ…っ」

ぐちゅぐちゅと濡れた音がするのは、遠衛の指が佑の出したものを掬《すく》っては塗りこめているからだ。羞恥《しゅうち》のあまり死にたくなる。

遠衛の指は容赦《ようしゃ》なく佑を責め続け、やがて指は二本に増やされた。

わずかに痛みを感じたが、それもすぐ快感に押し流されてしまう。

そうして指が三本に増える頃《ころ》には、佑はただ震えることしかできなくなっていた。

「今日初めて触《さわ》られたなんて嘘なんじゃないか？……ほら、もうこんなに開いてる」

「んっ……ぅ、んんっ」

ぐちゅぐちゅと音を立てて指を抜《ぬ》き差しされて、左足がびくびくと跳《は》ねる。そのたびに、ぎ、ぎ、っと椅子が軋《きし》む音を上げた。

「もういいな……」

「んぅ……っ」

呟《つぶや》くような声と同時に、ずるりと指が抜かれる。

「ふ……ふぅ…」

「物足りなそうに、パクパクしてるな……。わかる？」

からかうように言いながら、遠衛は佑の足を下ろし、椅子をガラガラと引きずってベッドの脇《わき》に動かした。窓を閉め、それから拘束を解いていく。

けれど、ベルトが二本とも外れても、きつく戒《いまし》められていた指は痺《しび》れて、うまく動かなかった。

遠衛はこわばった佑の腕《うで》を引くと、あっさりと担《かつ》ぎ上げ、ベッドに下ろす。そして真上から佑を見下ろした。

視線が合った途端《とたん》、目が離《はな》せなくなる。

ぞくりとするような、鋭《するど》い目。

逃《に》げなければと、頭のどこかでは思うのに、佑はその目に射貫《いぬ》かれたように動けなくなる。

その上、縛《しば》りつけられたまま散々弄られた体は、溜《た》め込んだ快感で爆発《ばくはつ》しそうだった。

「あ……」

緩《ゆる》んだ唇《くちびる》からTシャツが取り除かれ、唇が重なる。

両足を抱《かか》えあげられて、ひくひくと蠢《うごめ》く入り口に、遠衛の熱く高ぶったものが触れた。

「ひっ、あっ、あんっ」

「く……っ」

ぐっと先端《せんたん》がもぐりこんでくる。痛みに背中がぎゅっと弓なりになった。

そのときになって、ようやく自分の中に遠衛のものが入ろうとしているのだと実感がわいて、佑は頭を振る。

「やっ、ぁ…だめ…っ」

まだ痺れたままの腕をなんとか持ち上げて、遠衛の体を押しやろうとする。

だが……。

「もう、遅《おそ》い」

くすりと笑って、遠衛がぐっと体重をかけた。

「ああっ、やぁっ……!」

ずん、と体の奥まで、遠衛のものが入り込んでくる。

「いっ……い、たいっ」

「痛いのが好きなんだろう?」

「ち、ちが……ぅっ」

ぽろりと眦《まなじり》から涙《なみだ》がこぼれた。

それを見て、遠衛がうれしそうに笑う。

「ああ、やっぱり泣き顔がかわいいな」

満足げな声にぎょっとしたが、そのまま奥をかき混ぜるように腰《こし》を動かされて、佑はもう何がなんだかわからなくなってしまった。

ただ、ひたすらに与《あた》えられる快感に震《ふる》える。

遠衛は一度腰を引くとゆっくり、けれど執拗《しつよう》に前立腺を責め、佑が快感のあまりきゅうきゅうと締《し》め付けてしまう様を見て笑った。

「や、も…っ…だめっ」

そんなに前立腺ばかりを責められたら、おかしくなってしまうと佑は必死で頭《かぶり》を振《ふ》る。

「そんなに気持ちがいい？」

「い、いい…ッから……っ」

がくがくと頷いた佑を、遠衛は満足げな顔で見下ろした。

「だったら別にやめる必要ないだろ？」

「や、だめっ、あっ、あ、あ……ぁっ！」

グリグリと先端で抉《えぐ》るように突《つ》かれて、宙に浮《う》いたつま先がぎゅっと丸まる。

「ダメっ、出、出ちゃう……っ」

「もしイッたら、お仕置きするって言ったの覚えてる？」

そんな声が聞こえたけれど、我慢《がまん》することなどできなかった。

なぜならそう口にした遠衛が、佑のいいところを責め続けているからである。

「も、無理ぃ……っ…、や、っ、あ…あぁぁっ！」

目の前が真っ白になって、気付いたときは二度目の絶頂に達していた。

「ああ、イッちゃったね」

「あ……っ…はぁっ……」

顔を覗《のぞ》き込まれて、中に入っているものの角度が変わる。それだけで敏感《びんかん》になっている中がひくつく。

「お仕置き、何が、いいかなっ？」

「や、あっ、あっあぁ……や、もっ…う、動かないで……っ」

イッたばかりなのに容赦なく中を責められて、佑は開きっぱなしになっている唇で必死に言葉をつむぐ。

けれど、遠衛がそれで許すはずがなかった。

「俺はまだイッてないのに？　我《わ》が儘《まま》はよくないな」

「ひっ…あっ、やっ、あー…あーっ」

遠衛のものが体の奥までぐっと入り込んでくる。前立腺を突かれるのとはまた別の快感があった。内ももがひくひくと震える。

遠衛はそのまま中をかき混ぜるように腰《こし》を動かし、すぐにぐちゅりと音がするくらいまで引き抜いた。

「こんなにもの欲しげにひくつかせて、動くなとか、いやだとか、よく言えるな」

笑われて、また涙がこぼれる。

無理だと思う気持ちは本当のはずなのに、責められるとそこが勝手に遠衛のものを締め付けて悦《よろこ》んでしまう。

「恥《は》ずかしい？　顔が真っ赤になってる」

「は、はずかし……っ」

「けど、それが気持ちいいんだろ？　違《ちが》う？」

「あ……っ」

違う、と否定したかった。

けれど、体はまだ最初の痛みを覚えている。

嘘《うそ》だと言われて、痛いことをされたらどうしよう、と思う。

そう思った途端、体が震えた。しかし、それは恐怖《きょうふ》ではなく……。

「ちが…ぅ……」

「それは、本当？　それとも、嘘？」

ちらちらと、えさをちらつかされている気分だった。

本当だと言ったらどうなる？　嘘だと言ったら？

もう、頭が働かない。

佑は自分がなんと答えたのかわからなかった。けれど、結果として遠衛の口元が笑《え》みの形にゆがむのが視界に入る。

「あっあっあぁっ」

両足を抱え直され、激しく抜き差しされて、今度こそ、何もわからなくなった……。

「あ、アスマじゃん」

突然《とつぜん》耳に入ってきたその名前に、佑はびくりと肩《かた》を揺《ゆ》らす。

「これ今日発売のヤツ？」

ちらりと視線を向けると、二人の女子学生がベンチに並んで座り、一冊の雑誌を覗き込んでいるのが見えた。

「なんだ……」

どうやら本人がいるわけではないらしいと、佑は胸《むね》を撫《な》で下ろし、手にしていたコンビニのおにぎりを口に運ぶ。

三号館の裏のベンチは昼時ということもあって、佑と同じようにコンビニのおにぎりや弁当などを食べている学生で埋《う》まっていた。

——あの、遠衛がアパートに来た日から三日。

あの翌日は、衝撃《しょうげき》のあまり大学を休んだ佑だったが、さすがにずっと引きこもっているわけにもいかない。昨日からはなんとか通学してきていた。

とは言え、遠衛と同じ授業は自主休講しているし、昼もこうして学食ではなく、できるだけ人目につかないベンチを選んで摂《と》っている。

できることなら、遠衛とはもう卒業まで——いや卒業以降も一生会いたくない。できることなら二次元にでも行ってしまいたいと思う。

三日前のことはもう、佑の中ではトラウマといっていいほどのレベルの出来事だった。

遠衛に縛《しば》られたことも、最後までしてしまったことも、自分の痴態《ちたい》を見せられたことも衝撃だったが、一番はなんと言っても、あんな目に遭《あ》わされてもなお、自分が快感を覚えてしまったことだ。

しかも、ひょっとして自分はマゾなのではないかという、おそろしい疑問までもが浮上《ふじょう》してきている。

「そ、そんなはずない……っ」

「ん？　どうした？」

思わず口に出してしまってから、佑はようやく自分が響と一緒《いっしょ》だったことを思い出した。

「あ、わ、悪い……なんでもない」

慌《あわ》てて頭を振った佑に、響は怪訝《けげん》そうな顔になる。

そして、少しの逡巡《しゅんじゅん》のち、「ひょっとしてさ」と佑に顔を寄せつつ小声で言った。

「遠衛と何かあったのか？」

「なっ……」

まさかの問いに、佑はぎょっと目を瞠《みは》り、それからぶんぶんと、さっき以上に激しく頭を振る。逆に怪《あや》しい。

「本当かよ？　お前昨日も今日も遠衛と一緒の授業サボってないか？」

「それは…た、たまたまだって」

ごまかし笑いを浮かべてから、頬《ほお》が引きつるのを隠《かく》そうとおにぎりにかぶりつく。

響はしばらくそんな佑を見つめていたが、やがてこれ以上問い詰《つ》めても無駄《むだ》だと思ったのか、諦《あきら》めたようにため息をついた。

「わかった。とりあえず今は訊《き》かない。――けど、何かあったら力になるから。絶対俺に言えよ？」

真剣《しんけん》な顔でそう言われて、佑はパチリと瞬《またた》く。

それから、ようやくほっと表情を緩《ゆる》ませた。

「ありがと。心強いな」

自分にはこんなにいい友達がいるのだ。そう考えたら、三次元もやっぱり捨てたもんじゃないと思えた。

にっこりと微笑《ほほえ》んだ佑に、響は照れたのか顔を赤くすると、手にしていたサンドイッチを口に押し込んで立ち上がる。

「お、俺、そろそろ行くな。次の講義室五号館だから」

「あー、そっか」

五号館は三号館とは少し離《はな》れた場所にあり、ここからでは移動に時間がかかるのだ。

「つき合わせてごめん」

「いいって。じゃ、部室でな。夜はせっかくのイベントなんだし、切り替《か》えろよ」

そう言って響は足早に去って行った。

それを見送ってから、ゆっくりと残りのおにぎりを食べ、飲みかけのペットボトルを片付ける。

佑は次の授業が三号館なので、ぐるりと表に回ればいいだけだ。

「切り替えろ、か……」

やはり、佑の様子がおかしいことは丸わかりなのだろう。

それでも詮索《せんさく》しないでくれたのは、本当にありがたいと思う。

響は何かあれば絶対に自分に言えと言ってくれたが、これはどう考えても人に相談できるような事態ではない。

男に縛られて、散々体を弄られて、イカされて……。

「うう……思い出したくもない」

佑は、ため息をついてベンチから立ち上がった。

授業開始まであと五分ほどだ。この講義を担当している准《じゅん》教授はあまり時間通りには講義を始めないが、その割に出欠に厳しい。遠衛の取っている講義でなくて本当によかったと思った。

――のだが。

「……なんでだよ」

佑は小声でそう言って、隣《となり》に座った男をぎろりと睨《にら》みつける。

授業終了《しゅうりょう》まであと二十分といった頃《ころ》になって、突然横に遠衛が現れ、半ば強引《ごういん》に席を詰めさせられた。

「なんでって？」

「お前、この講義取ってないだろ。さっさと出てけよ」

「ばれっこないよ」

小声で抗議《こうぎ》した佑に対し、遠衛のほうはしれっとした態度でそう言う。確かにここは階段状の大講義室の一つだから、履修《りしゅう》していない生徒が紛《まぎ》れ込んでいても、ばれることはまずないだろう。

けれど、少しは悪びれたらどうかと思う。

取ってもいない授業に乱入してきたこともだが、自分にしたことも。

あのあと、佑が目を覚ますとすでに遠衛の姿はなくなっていた。つまり、ことのあとに顔を合わせるのはこれが初めてだというのにこの態度……。

正直、謝罪の一つもしてもらいたいが（もちろん許すつもりはないけれど）だからといって、こちらから蒸《む》し返したい話題では決してない。

こうなったら、無視するのが一番だろうと、佑は講義に集中する振《ふ》りをすることにした。

「なぁ、どうして避《さ》けるんだ？　昨日の経済学概論《がいろん》も、今日の倫理《りんり》学もいなかったし」

どうしてって、そんなのは自分の胸に訊いてみろ、と言ってやりたい。

けれど……。

「佑？」

「…………」

無視無視、と心で唱えて佑は一心不乱に黒板を見つめる。

遠衛はそのあともしばらく話しかけてきていたが、佑は一言も口を利《き》かなかった。すると、しばらくしてようやく諦めたらしい。遠衛はため息をつくと、佑のほうに寄せていた体を起こした。

――勝った……！

佑はそう思って、内心ガッツポーズを決めつつ、黒板の字をルーズリーフへと書き写す。

すると、机の上においてあった携帯《けいたい》が震《ふる》え出した。

机の上でカタカタと音を立てる携帯を佑は慌てて手に取り、そのまま何気なく開く。着信ではなくメールだった。

『僕は淫乱《いんらん》なマゾです』

タイトルを見て、一瞬《いっしゅん》スパムかと思った佑だが、すぐに差出人が遠衛だと気付く。いやな予感がした。

思わず隣に座る男に視線をやったが、相手はどことなく意地の悪い笑《え》みを浮《う》かべて携帯を見つめている。

迷った末、佑はメールを開いた。

「――――！」

そこに写った写真に、佑は驚愕《きょうがく》のあまり悲鳴を上げそうになる。

むしろ、叫《さけ》びださなかったのは奇跡《きせき》に近かった。

そこに写っていたのは、鏡に向かってTシャツの裾《すそ》を咥《くわ》え、胸から下腹部までを晒《さら》した佑自身の写真だったのである。

佑は慌てて携帯を閉じ、遠衛を見つめた。

遠衛は佑の様子を見ていたらしい。視線が合う。

「返事する気になった？」

「っ……お、おま……これ、あのとき消したんじゃなかったのかよっ」

あくまで小声でそう言った佑に、遠衛はにっこりと笑った。

「うっかり忘れてたみたい」

「…………」

嘘《うそ》をつけと内心で毒づいて、佑は遠衛を睨む。

「それで？　どうして俺を避けるんだ？」

「そ、そんなの……決まってるだろ」

できることなら無視したかったが、写真が遠衛の元にあるとわかった以上そういうわけにもいかない。

「やっぱり、これが原因？」

携帯を振られて、しぶしぶ頷《うなず》く。

「まぁ、避けるのも逃《に》げるのも自由だけど……俺、逃げられると余計追いたくなるタイプなんだよな」

「は？」

「ますます佑のこと、好きになったかも」

ニヤリと笑われて、佑は心底いやそうに眉《まゆ》を寄せた。

――逃げられると余計追いたくなる……。

それでは、今の自分のこの態度はやぶへびと言うか、遠衛を煽《あお》っているだけということになるのだろうか？

ぞっとしない話だった。

「じゃあ、どうすれば好きじゃなくなるんだよ？」

佑の問いに、遠衛は「うーん？」と首を傾《かし》げる。

「佑が俺のことを大好きになって、なんでも従順に言うこと聞くようになったら飽《あ》きて好きじゃなくなるかもしれないな」

「無茶《むちゃ》言うなよ……」

佑はうんざりといった顔でそう言うと、ため息をこぼす。

自分が遠衛を好きになったり、あまつさえなんでも言うことを聞くようになったりするなんて、絶対にありえない、と思う。

「でも、こんなに誰《だれ》かを好きになったことなんてないから、そうなったらそうなったで楽しい気もするし……わからないな」

「――真顔でおそろしいこと言うなっての」

その言葉に、佑は思い切り唇《くちびる》をひん曲げた。

なぜか頬《ほお》がかっかっと熱くなり、それをごまかすように頬杖《ほおづえ》をついて遠衛から顔を背《そむ》ける。

おそらく、遠衛が真顔で恥《は》ずかしいことを言ったせいだろう。アニメのキャラならともかく、三次元にそんなことを口にできる男がいるなんて、佑のような人種からすると驚異《きょうい》だった。

しかし……。

とりあえず、自分が遠衛を好きになることなんて絶対にない。

それは間違《まちが》いがないから、つまり——飽きられる可能性もゼロということだろうか？

そう思うと、どこまでも気分が落ち込んでいきそうになる。

ではどうする？

遠衛のことが好きな振りをしてみるか？

「そんなばかなこと……」

思わずそう口に出した佑の顔を、遠衛が不思議そうに覗《のぞ》き込んできた。

「どうした？」

佑は遠衛の顔をじろりと睨みつけた。

自分はこんなに悩《なや》んでいるというのに、いつもと全く変わらない態度に苛々《いらいら》する。この男をなんとかやり込められないものだろうか。

そう思って、ふと気付いた。

ここ数日、佑は新たになった自分の性癖《せいへき》（誤解だと思いたい）についてばかり気を取られていたが、あの日、佑が目にした遠衛もまた、普段《ふだん》とはまるで違《ちが》っていたことに……。

あれは今、ここにいる遠衛からは想像もつかないような、アブノーマルな性癖だったと思う。

おそらく大学にいる誰も、この似非《えせ》爽《さわ》やかな美青年にあんなブラックな顔があるとは思っていないはずだ。

つまり、これは遠衛の弱みといえないこともないのではないか……？

と、一瞬思ったのだが。

「――――ＳＭ趣味《しゅみ》の変態だって言いふらしてやる」

「へぇ？」

口に出してみてすぐに、佑はその間違いに気付く。

「まぁ、どうせ誰も信じないから好きにすればいいよ」

余裕《よゆう》のある口ぶりに、むっとしたものの、言い返すことはできなかった。

確かに、その通りなのである。

自分が言うことと、遠衛の言うこと。

世間がどっちを信じるのかと言ったら、九十九％遠衛のほうだろう。ちなみに、残りの一％は佑の友人や家族である。

その上、佑はその一％に対しても、どうして自分がその事実を知り得たかの説明をすることはできないのだ。

意趣《いしゅ》返しにもならなかったなと、思わずため息をついたとき、授業の終わりを告げるチャイムが鳴った。

佑は慌《あわ》てて、まだ書いていなかった部分の板書をルーズリーフに書き写す。

「あれ？　アスマ、この授業取ってなかったよね？」

そんな声がして、佑はちらりと声の主を見た。三人組の女子学生だ。どうやら遠衛の知り合いらしい。見かけたことがあるような気もしたが、佑にはこういった類《たぐい》の女子学生はほとんど見分けがつかない。

「んー、まぁね」

せっかくなら遠衛を連れてどこかに行ってくれればいいのに、と思いつつ佑はペンを走らせた。

「あ、そうだ。あのさ、ちょっと訊《き》きたいんだけど」

「うん、何？」

「もし俺にＳＭ趣味があって、きみを縛《しば》りたいって言ったらどうする？」

「……!?」

耳に入ってきたその言葉に、佑は思わずぐりんと音がしそうな勢いで振《ふ》り向いてしまう。

訊かれたほうの女子学生たちも、驚《おどろ》いたようにパチリと瞬《またた》いた。

だが。

「えー、やだぁ」

「アスマにならいっくらでも縛られたいッ」

「あたしもー！」

口々にこぼれたのは、そんな言葉だった。

「マジで？　じゃあ、縛っちゃおうかな」

遠衛の言葉にきゃあきゃあ、とうれしそうな声を上げて喜んでいる三人組に佑は唖然《あぜん》とし、それからハッと我に返って視線を逸《そ》らす。

どうやら遠衛にとっては本当に、ＳＭ趣味の変態、などというのは誰かが信じる信じない以前に誹謗《ひぼう》中傷の意味すらないようだ。

ますます力の抜《ぬ》けた思いで、ため息をつく。

おとなしくこの子たちを縛っておけばいいのにと思いつつ、書き終わったルーズリーフをバインダーに収めた。そして、そのバインダーやテキストの類をリュックに入れると、遠衛が座っているのとは逆の通路へと向かう。

「あ、おい、待てよ」

そんな声がしたけれど、待つ気はもちろんない。だが、講義室を出る頃《ころ》にはすっかり追いつかれていた。

「ついてくんなよ」

佑はそう言って遠衛を睨《にら》みつけたけれど、遠衛は相変わらず堪《こた》えた様子はない。

「どこに行くんだ？　ああ、部室？　四限は出ないのか？」

「……どこだって関係ないだろ。今日は大事な用があるんだから、ついてくんな」

実際向かっているのは部室だったが、このまま一緒にこられても迷惑《めいわく》だという気持ちを隠《かく》さず、佑は遠衛から視線を逸《そ》らして足早に歩く。

「大事な用？」

「…………」

「なんだよ、用事って」

それでも無視していると、遠衛はパカリと携帯《けいたい》を開けて、件《くだん》の画像を佑の前に突《つ》き出してきた。

「っ……！　声優の出てるイベントがあるんだよっ。遠衛には関係ないだろ」

先日深山がチケットを取ってくれたイベントが、今日なのである。

一旦《いったん》部室で待ち合わせて、深山と響の三人で一緒《いっしょ》に会場へ向かう約束になっていた。

開場が五時、開演が六時なので、四限まで出ても間に合うことは間に合うのだが、物販《ぶっぱん》の時間なども考えて四限は出ないで向かおうと取り決めてある。

「イベント？　へー、俺も行ってみたい」

「はぁ？」

簡単に言う遠衛に、佑は思わず怪訝《けげん》な声を上げる。

「何言ってんだよ？」

思わず呆《あき》れたようなため息をつきつつ、部室のドアを開けた。結局ここまでついてこられてしまったことにがっかりしたが、待ち合わせできただけで、すぐにイベントのある会場へと向かうのだからと気を取り直す。

「あ、藤倉——と、遠衛くん？」

「お待たせしてすみません」

中にいたのは深山と響だけだった。響は佑の背後に遠衛がいることに気付いたからだろう、迷惑そうに顔を顰《しか》めている。

佑はすぐには中に入らず、後ろにいた遠衛を振り返った。

「ほら、さっさと帰れよ」

「俺も一緒に行くって言ってるんだけど」

「チケットがないと入れないんだって」

「どうしたの？　とりあえず入りなよ」

そう言ったのは深山である。入り口で揉《も》めているのを見かねたのだろう。佑は仕方なく、遠衛と一緒に部室に入った。

アニ研の部室は、左右両側にスチール製の棚《たな》が並び、その間に会議室や同人誌即売会《そくばいかい》の会場で見かけるような長机とパイプ椅子《いす》が並べられている。どこの部室も大体この造りだ。

とはいえ、壁《かべ》という壁に貼《は》られたアニメのポスターや、どこから持ってきたのかというような等身大のキャラクターのPOP、棚に並べられた漫画《まんが》やゲーム、DVDやブルーレイディスク、更《さら》に卒業生の残していった古いテレビが三台も置いてあるなど、アニ研らしさはそこかしこにあふれている。

テレビに関しては地デジには対応していないし、テレビ線も引いていないので、完全にゲームとDVD専用なのだが……。

「これからイベント行くって言ったら、こいつが一緒に行きたいとか言い出して……チケないから無理だって言ってるのに」

「うーん、そうだねぇ。ちょっとだけ当日券があるとは聞いてるけど、この時間からじゃ取れないんじゃないかなぁ？　もし取れたとしても、席は離《はな》れちゃうと思うよ」

深山はいつもの調子で、頭から否定するわけではなく、なだめるようにそう言った。

「あぁ、そうなんですか。――――声優のイベントだって聞きましたけど、出演者ってわかります？」

まるでさも興味があるような言い方に、佑はむっとしたけれど、深山のほうはそうではなかったらしい。うれしそうに出演者の説明をしている。

新人のアイドル声優から、中堅《ちゅうけん》、ベテラン、更にゲスト出演のグラビアアイドルまで総勢十八名もの出演者がいるのだが、深山は迷いなくすべての出演者の名前を口にした。

「僕はまなかちゃんが目当てなんだけど、他《ほか》もすごく豪華《ごうか》だから、とにかくチケットが取れなくて」

「ふぅん……うん、やっぱり俺も行くだけ行ってみます」

「ええー、なんでそこまでして来るんだよ？　チケ取れないって言ってんだろ」

うんざりとため息をこぼした佑の言葉に、響が頷《うなず》く。

「大体お前、声優イベントなんて興味ないんじゃねーの？　うざいからついてくんなよ」

棘《とげ》だらけの響の言葉を遠衛が鼻で笑った。

「別にお前についてくわけじゃないし」

「なんだとっ」

「ま、まぁまぁ、いいじゃないか。とりあえず会場まで行ってみるだけ行ってみれば」

角を突き合わせる二人に、深山がそう割って入る。

さすがに響も、そして佑も深山には強く出られず、結局、遠衛も含《ふく》めた四人で会場へ向かうこととなったのだった。

「面白《おもしろ》かったー！」

「まなかちゃんかわいかったなぁ」

「早く映画公開されねーかな。前売り何枚買うか迷う」

そこここでそんな会話が交《か》わされる中、佑たち三人も会場の出口へと向かう。

イベントは想像以上に楽しかった。実を言えば、佑はこういったイベントへの参加経験が乏《とぼ》しい。去年までは高校生だったから、主に資金面の問題でなかなか参加できなかったのだ。

だからこそ、今回のイベントはとても楽しみだったし、実際楽しかった。

ちなみに遠衛も、結局当日券はなかったものの、関係者に仕事上の知人がいたらしくちゃっかり入り込んでいた。だが、当然席は別だったため近くにはいない。

「遠衛くんどのへんかな？」

そう言って深山が辺りを見回したが、さすがに見つけられないようだ。

「携帯に連絡《れんらく》してみようか？」

佑としてはこのまま置いて行ってもいいのではないかという気もしたが、深山にそんな提案をしても却下《きやつか》されることは目に見えていたので、頷いて携帯の電源を入れた。

「あ、メール……遠衛かも」

センターに溜《た》まっていたのだろう。電源を入れた途端《とたん》、携帯が震《ふる》えてメールの着信を知らせる。

相手は案の定、遠衛だった。

「えっ」

どこで待っている、という程度の内容を想定していた佑は、メールを読んでぱちぱちと瞬《またた》く。

「どうかした？」

「あ、ええと……」

メールの内容を説明するのは簡単だった。

ただ、少し信じられなかっただけで。

「どうもその、遠衛が知人に掛《か》け合ってくれたらしくて、このあと楽屋に行くから一緒に行こうって」

「ええっ」

深山は佑以上に驚《おどろ》いたようだ。見れば響も驚いたように目を瞠《みは》っている。

けれど、そのあとの反応は全く違《ちが》っていた。

「信じられない……本当に？」

深山はそう言って、そのふくよかな頰《ほお》を紅潮させ、響は複雑そうな表情になる。

おそらく響のほうは、遠衛の力で、というのが気にいらないと思いつつも、ならば自分は行かないと言えない自分にもどかしい気持ちになっているのだろう。佑も似たような気分だったので、よくわかる。

遠衛の力など借りたくはなかったが、今回のイベントには深山が大ファンの水沢《みずさわ》まなかだけでなく、佑が昔から好きな神月喬一《こうづききょういち》という男性声優もいた。

もし直接会えるなら、会ってみたいと思ってしまう。おそらくこの機会を逃《のが》したら、楽屋に顔を出せることなどないだろうし……。

「じゃ、じゃあ、えと……行きましょう…か？」

「うん！　行こう行こう！」

きらきらした目でそう言った深山に、佑は引きつった作り笑いを返した。

内心、複雑な気分のまま、佑たち三人は人波に逆らってメールに書かれていた場所へと向かう。

「佑」

声のしたほうへ視線を向けると、関係者以外立ち入り禁止と書かれたドアの横に、遠衛ともう一人、スタッフTシャツを着た男性が待っていた。

「あの、遠衛くん、本当にいいのかな？　僕たちまで……」

「ああ。もちろん大丈夫《だいじょうぶ》です」

おどおどと、けれど喜色に満ちた声でそう訊《き》いた深山に、遠衛は愛想《あいそ》良く微笑《ほほえ》む。

「どうぞ、こちらです」

男性の先導で、佑たちはそのドアの中へと入った。

「出演者の一人と前に仕事をしたことがあって……さっきここに入れてもらったときに会った人いたでしょう？　あの人から俺が来てるって話が伝わったみたいで。楽屋に顔出してもいいっていうのは、向こうから言い出してくれた話なんですよ」

「ああ、そうなんだ。そういうことなら、そこまで迷惑《めいわく》ではないよね」

ほっとしたように深山が言う。

「仕事した相手って、まなかちゃ――水沢まなかさんだよね？」

深山の言葉に遠衛が頷いた。実をいうとそれは、佑も知っている。深山は、まなかが出ている雑誌はすべて買っているし、それを見せてもらったことがあったのだ。

恋愛《れんあい》についての対談だったと思うが、その頃《ころ》はまだアスマが遠衛遊馬だということを知らなかったこともあり、細かいところはほとんど覚えていなかった。

――いや、知っていたからって、遠衛の恋愛についてなんて興味がないから読まなかったとは思うけど……。

別に誰《だれ》に突《つ》っ込まれたわけでもないのに、心の中で言い訳をしていると、先導していた男性がドアの前で立ち止まった。どうやらここが楽屋らしい。

「どうぞー」

ノックをすると中から声がした。男性がドアを開ける。

「お疲《つか》れ様です。まなかちゃんにお客さんだよ」

「どーも。お疲れ様でした」

言いながら、まずは遠衛が中に入った。

「わぁ！　アスマさん！　本当に来てくれたんですね」

まなかは、心からうれしそうにそう言いながら立ち上がる。最後に舞台《ぶたい》に出てきたときと同じ、『なつまち』という、作品名のロゴの入ったTシャツにスカートという衣装のままだった。

楽屋の中には水沢以外にも何人かの女性声優がいて、佑たちを——というよりも、遠衛を見つめている。だが、佑の目当てだった神月の姿はない。どうやら、男女で楽屋が分かれているらしい。

よく考えてみれば、着替《きが》えなどもあるのだから当然なのだが、佑は内心がっかりした。

まなかは、そのまま遠衛に近付いて、背後にいた佑たちに気付いたようだ。

「そちらは……」

「ああ、僕の大学の友人なんです。まなかちゃんのファンだっていうから。今日のことも彼らから聞いて」

「ああ、そうなんですか」

まなかは胸の前で両方の手のひらを合わせ、こくんと頷《うなず》く。

「今日は観にきてくださってありがとうございました。楽しんでもらえました？」

憧《あこが》れのまなかににっこりと微笑まれ、深山は真っ赤になって固まっていた。だが、すぐに気を取り直して大きく頷く。

「は、はい！　もちろんです！　映画のほうも楽しみにしています」

「ありがとうございます」

まなかはそう言って小さく首を傾《かし》げる。そのしぐさがまたかわいらしく、深山はでれでれと相好を崩《くず》した。

「あの、本当に楽しかったです。歌も、すごくよくて……」

「映画、必ず見に行きます」

佑と響の言葉にも、まなかは同様に微笑んで礼を述べる。職業柄《しょくぎょうがら》だろう、響はともかくあからさまにオタクな佑や深山にも、嫌悪感《けんおかん》は全く見せない。

けれど、やはり遠衛に対するときとは全く表情が違う。それは、きっと佑たちではなく、遠衛のほうが例外なのだろうと思わせるのに十分だった。

「まさかアスマさんがきてくれると思わなかったから、すごくうれしいです」

つやつやとした頬の紅潮した様子。弾《はず》んだ声を聞きながら、佑はなんとも言えない複雑な気分になる。

遠衛って本当に有名人なんだなぁというような気持ちと同時に、なぜか苛々《いらいら》と感情がささくれ立った。

佑はそれを、おそらく「まなかが遠衛なんかを」という部分にイラッと来ているだけだろうと自己判断する。

……それ以外に理由が見つからない。

佑がそう思って、二人から視線を逸《そ》らしたときだった。

ノックの音がして、ドアの向こうから入室を求める声がかかる。

「あ、どうぞ」

「お疲れ様――っと、おや、お客さん？」

「っ……」

なんの気なしに声のしたほうを見た佑は、はっとして目を瞠った。

そこにいたのは、神月喬一だったのである。

ドキリと胸が高鳴る。頬が赤くなったのが自分でもわかった。

――神月喬一。

デビュー当時から人気が高く、実力的にはそろそろ中堅《ちゅうけん》といっていいだろう。年齢《ねんれい》は二十七のはずだが、見た目はもう少し若く見える。

神月は、佑にとって特別な声優だった。

というのも、遠衛にそっくりだと常々思っているトーマの声を当てている声優が、神月なのである。

けれど……。

まなかに軽く挨拶《あいさつ》をしたあと、佑たちに気兼《きが》ねしたのか奥にいた別の声優陣《じん》たちのほうへ行ってしまった神月にちらちらと視線を向けながら、佑は少しだけ落胆《らくたん》を覚える。

今日、舞台に乗っていたときも思ったのだが、神月の普段《ふだん》の声はトーマのときとは大分違《ちが》う感じで、思ったよりときめかなかったのだ。

今しがたドアを開けた神月の第一声を聞いたときに、全くピンとこなかったのはそのせいだろう。

こうして普通《ふつう》に話している声を聞くと、地声はトーマを演じているときよりも少し高いのだとわかる。

もちろん、それでもトーマの「中の人」であることは間違《まちが》いないのだから、こうして近くで見られたことはうれしかった。

「神月さんにファンだって言わなくていいのか？」

「い、いいって、それは」

響にそう言われて、佑は慌《あわ》てて頭《かぶり》を振《ふ》る。

自分が女だったならば言ったかもしれないが、神月もこんなキモオタの同性にファンだと言われても迷惑なだけだろう。

それにやはり、自分が好きなのはトーマというキャラクターであって、神月へのファン意識は二義的なものだと再確認してしまったというのもある。

もちろん、だからといってファンでなくなったというわけではないけれど……。

「えっ、そうなんですか？」

佑がそんなことを考えていると、まなかが驚《おどろ》いたような声を上げた。

「あ、いえ、すみませんこんなところで……」

どうやら佑たちが神月に気をとられている間に、深山に何かを言われたらしい。深山は、まなかにそう言ってぺこぺこと頭を下げ、それを遠衛がとりなしている。

「ひょっとして、学祭の話かな？」

「……そうかも。確かまな——水沢さんのとこにもメール出したって言ってたし」

佑の問いに、響が曖昧《あいまい》に頷く。

大学では現在、学祭に向けての準備が始まりつつある。

アニ研では、前々から新人のアイドル声優を呼んでのトークショーができないかと考えていて、一度はOKをもらっていたのだが、相手に急な予定が入ってしまい、この土壇場《どたんば》に来てキャンセルの憂《う》き目に遭《あ》っていた。

それで急遽《きゅうきょ》、何人かの声優に打診《だしん》しているところなのだが、もう学祭まで一ヶ月を切っているということもあって、芳《かんば》しい返事がもらえずに困っているというのが現状だ。

そして、その打診している相手の一人に、まなかがいたはずなのである。

とは言え、まなかはキャリア的には新人ではあるが、今最も勢いのあるアイドル声優である。学祭に呼ぶのは正直難しいだろうと思って、最初の段階では候補から外されていたくらいだったのだが……。

「二十九日の土曜日ですよね？　うーん、その日、午後なら空いてたかも……」

「えっ、そうなんですか？」

深山の顔がぱっと明るくなる。

「午前中は予定があったと思うんですけど……多分。確認してみないとですけど。あ、あと、移動もあるから正午開始とかだと無理かなって」

まなかはそう言いながら深山ではなく、遠衛を見つめた。

「あ、あの、アスマさんもその企画《きかく》に関係してるんですか？」

かわいらしく小首を傾げるまなかに、遠衛は曖昧な笑《え》みを浮《う》かべる。

深山のほうは、はっとしたように息を呑《の》んでいた。

この企画はアニ研のもので、もちろん遠衛は関係がない。だが、ここで関係がないと言えばどんな結果になるかはなんとなく想像がつく。

遠衛は一瞬《いっしゅん》、佑のほうへと視線を向けた。どうするのかと、問われているような気がして、咄嗟《とっさ》に佑は頷く。

「うん。といってもまだちょっと——自分がどんな役目になるかも、わからないんだけど……ね、深山さん」

「あ、う、うんっ。そうなんだ。こっちも急な変更《へんこう》で混乱してしまって」

「そうなんですか。大変ですね」

まなかは、いかにも気の毒というようにそう言ってから、にっこりと微笑《ほほえ》む。

「私でよければ、力にならせてください」

「えっ、ほ、本当ですか!?」

「あ、事務所がOK出せばですけど。でも、アスマさんが関《かか》わってるなら多分、大丈夫《だいじょうぶ》なんじゃないかと思います」

その言葉にどこまで信憑性《しんぴょうせい》があるかはわからないが、まなか自身がやる気になったのは間違いないだろう。

そう思うとなぜか胸の中がもやもやとして、佑はそっと視線を逸らし、ため息をこぼした……。

「悪かったね、藤倉。急に呼び出して」

——正直、いやな予感はしていたのである。

水曜日。二限までしか授業がない佑は、いつもなら部室には寄らずに帰宅するのだが、この日は深山からメールをもらっていたため部室へと足を向けた。

話したいことがあるから、昼休みに部室に顔を出して欲しい、というメールの文面には、話したいことに関する情報はなかったけれど、なんとなくいい話ではないような気がしていたのだ。

少なくとも、メールで済ませることのできない内容なのは間違いない。

だから、佑は部室のドアを開けた途端《とたん》、そこに遠衛の姿があっても驚かなかった。がっくりと肩《かた》を落としはしたけれど。

「用事とか、大丈夫だった？」

「あ、ハイ……大丈夫です」

頷《うなず》いて佑は出入り口付近の椅子《いす》にかけていた遠衛を避《さ》けるように、奥の椅子へと座る。

「四日ぶり」

ニヤリと笑われて、むっとしたものの、反応したら負けだと思って深山のほうへ視線を向けた。

あの日は、二人だけではなかったこともあって、特になんの問題もなく帰宅することができたけれど、油断はできない。

「あの、話って……」

「あ、うん。えーとね、学祭のことなんだけど。正式にまなかちゃんの事務所から承諾《しょうだく》のメールがあって、トークショーはまなかちゃんでいくことになったんだ」

「え、すごいじゃないですか。よかったですね」

まなかの大ファンである深山としては、これ以上の企画はないだろうなと思うと、佑自身もうれしい。

けれど、これはなんとなく予想していた通りだったので、驚きは少ない。

楽屋で話した時点でかなりの好感触《こうかんしょく》だったし、可能性は十分だった。

「けど、水沢まなかが出るってことになると、スタッフとか大丈夫なんですか?」

アニ研はそう人数の多いサークルではない。

四年まで合わせても二十人程度で、普段から部室に顔を出しているようなメンバーはもっと少なかった。

全員が協力してくれたとしても、警備上の問題などが出ないか心配ではある。

「うん、その辺は学実のほうにも相談してみるし、大丈夫じゃないかな。チケットのほうも、完全前売りにしちゃうつもりだしね。当日券を出すと混乱しそうだから」

学実というのは、学祭実行委員会のことだ。委員会と名前はついているがこれもまたサークルの一つである。

確かにアニ研は人数こそ少ないが、一応は大学で認可を受けたサークルなので、相談すれば人員を割《さ》いてもらえるのかもしれない。

深山はやはり、きちんと考えているらしいとわかって、さすがだなとほっとする。

だが、用件がそれだけなら自分たちを呼ぶ必要はないだろう。

「それで、二人にお願いがあるんだ」

「………二人に、ですか？」

「なんでしょう？」

ついに来たかという引きつった表情の佑と、対照的ににこやかな遠衛を、深山は困ったような顔で交互《こうご》に見た。

「そのトークショーなんだけどね、遠衛くんに司会進行を務めてもらえないかと思って」

「俺がですか？」

さすがに意外だったのか、遠衛がパチリと瞬《またた》く。

「うん」

「俺は部外者ですけど、いいんですか？」

その言葉に、佑はぎゅっと唇《くちびる》を噛《か》んだ。

遠衛を部外者にしているのは、自分のせいでもあるとわかっているためだ。

「うん、それはそうなんだけど、あの、まなかちゃんに遠衛くんが噛んでるようなことを言っちゃったっていうのもあるし」

確かに、まなかがこのオファーを受けたのは間違《まちが》いなく、遠衛の存在あってのことだろう。

「ああ、すみません。あのときは、ああ言ったほうがいいかなって思ったんですけど」

「いや！　あれは、実際すごく助かったよ。本当に、企画《きかく》が実行できるのは全部遠衛くんのおかげだと思う」

ありがとう、と深山が頭を下げる。

「その上で、遠衛くんには本当に悪いんだけど、トークショーの九十分間、アニ研にくれないかな？　学祭でいろいろ予定もあるかとは思うけど、頼《たの》むっ」

両手を合わせて拝む深山から、遠衛は不意に視線を外して佑を見る。

「…………なんだよ？」

「いや、佑からの『お願い』はないのかなって思ってさ」

「ふざけんなっ」

にっこりと微笑まれて、佑は即座《そくざ》にそう口にしたものの、視線を上げた深山がじっと自分を見ていることに気付いてしまった。

無言の圧力に、佑はうっと言葉に詰《つ》まる。

自分だってアニ研の一員だし、深山のためにもこの企画がうまくいけばいいとは思っている。

思ってはいるが……。

「……お」

「お？」

「――――お願いします」

屈辱《くつじょく》のあまり握《にぎ》ったこぶしがぶるぶると震《ふる》えたが、なんとか頭を下げる。

「いいよ」

返答は簡潔だった。

けれど、ぱっと顔を上げた途端、遠衛がニヤリと微笑み、佑は寒気を覚える。

「ただし、佑が一つお願いを聞いてくれるならだけど」

「はぁ？」

「佑が俺のお願いを聞いてくれるなら、司会進行でも列整理でも、会場警備でもエスコートでもなんでもしてあげるよ」

どうする？

首を傾《かし》げられて、佑は何言ってんだお前と言わんばかりの表情になった。

しかし。

「うん、そう言うんじゃないかって思ったんだよね……」

どうやら、深山にとって遠衛のこの言動は予想の範囲《はんい》内だったらしい。

遠衛を見つめていた佑は、その表情のままぐりんと深山を振《ふ》り返る。

「だから『二人』に頼みがあるって言ったんだよ」

「って、深山さん!?」

それはなんだ？　つまり、自分にアニ研のために犠牲《ぎせい》になれということか？

あまりの展開に佑は、思わず絶望しそうになった。

「もちろん、ただでとは言わない。僕からはこれを……」

だが、そう言って深山は大きな紙袋《かみぶくろ》を机の上に載《の》せ、その中から箱状のものを取り出す。

「こっ……これは!?」

それはドラゴンランペイジの、ブルーレイボックスだった。

ドラゴンランペイジ自体はもう五年以上前の作品なのだが、去年ブルーレイのボックスが完全受注生産で発売されたのである。

佑はタイミング悪く、受験生として身を切るような思いでオタク活動を自粛《じしゅく》していたときだったため、気付いたときには受付が終了《しゅうりょう》していたのだ。

ボックスは通常のDVDと、佑がずっと探していた特典つきのブルーレイの2バージョン出されたが、これは間違いなくブルーレイのほうである。深山が持っていることは、知っていたけれど……。

ふらりと、まるで操《あやつ》られるように佑は両手を伸《の》ばしていた。

手にとって、まじまじと見つめる。

「ほ、本当にこれ、譲《ゆず》ってくれるんですか？」

「もちろんただでというわけにはいかないけど……二万でどう？」

「二万……」

それでも十分に破格だ。定価でも三万近くするのである。以前一度だけネットオークションで見かけたときはプレミアがついていて、終了時には十万を越《こ》えていた。

それをたったの二万で手に入れることができる。予定外の出費としては痛い金額だが、佑にとっては、またとない機会だ。

「買わせてください……!!」

気付いたときには、そう口にしていた。

深山が、まるで愛娘《まなむすめ》を嫁《よめ》に出す父親のような辛《つら》そうな表情で頷《うなず》く。これが深山にとっても辛い決断だったことは間違いないだろう。

「大事にしてくれよ」

「はい、もちろんですっ！」

佑はぐっと、握りこぶしを作って頷く。

「――――商談成立だな」

遠衛の言葉にハッと我に返ったが、それでも、どうしても前言撤回《てっかい》する気にはなれなかった……。

「それで、どこ行く気だよ？」

授業が二限までだったのをいいことに、じゃあさっそくと部室を連れ出され、学バスに乗せられた佑は、内心びくびくしつつ遠衛の様子をうかがう。

手にはつい先ほど二万円で譲ってもらったブルーレイボックスの入った紙袋が、しっかりと握られていた。

「んー、とりあえずそれ、佑んちに置きに行くか。持ったままじゃ落ち着かないだろ？」

「……わかった」

大きいというのもあるが、自分にとっての宝物を持ったまま移動するのが不安だった佑は、遠衛の言葉にほっと胸を撫《な》で下ろす。

バスを降り、遠衛のあとをついて行くような形で佑の家へ向かう。

時刻はまだ一時にもなっていなかった。昼間の商店街はどこかのんびりとした空気が流れている。

「なぁ、それってそんなに面白《おもしろ》いの？」

斜《なな》め前を歩いていた遠衛は首をひねるようにして振り返り、興味深そうに紙袋を指差す。

「もちろん。って、お前、ひょっとして知らないのか？」

佑はパチリと瞬《またた》いた。

「有名な作品なのか？」

「有名っていうか……」

ドラゴンランペイジは、社会現象になるようなアニメではなかったが、キー局で放映されていた良質のアニメで、映画化もされている。

それに何より、ドラゴンランペイジが放映されていたとき、佑たちはまだ中学生で、アニメを見ていれば即《そく》オタクとされるような年齢《ねんれい》でもなかった。放映されていた時間帯が夕方だったこともあって、クラスの半数は見ていたのではないかと思う。

小学校時代の遠衛は、一緒《いっしょ》に漫画《まんが》やアニメを楽しむことも多かったので、余計に意外だった。

そのことを告げると、遠衛は納得《なっとく》したように頷く。

「中学入ってからはアニメとか全然見なくなってたからな。……そんなにオススメなら、今度見せろよ」

「え？」

「それ、もう佑のなんだしいいだろ？　見に行くからさ」

「いいけど……」

遠衛が見たいなどと言い出したのが意外で、戸惑《とまど》いつつ佑は頷く。

そんな佑に、遠衛がうれしそうに微笑《ほほえ》んだ。その表情にどきりとしてから、なんでどきりとしなければならないのかと内心慌《あわ》てる。

遠衛が――――そう、遠衛が急に微笑んだりするのがよくない。

そうして、そもそもなぜ遠衛が急に微笑んだりしたのかと疑問に思ってから、自分が遠衛の訪問を許可してしまったことに気付く。

こんなSM趣味《しゅみ》の変態を、自ら招き入れる約束をするなんて……。

「あ、でも今度な。今日は出かけたいから」

けれど、断りの言葉を口にする前にそう言われて、結局しぶしぶながら頷いてしまう。今度というのが本当にあるのかはわからなかったが、その場限りの言葉には聞こえなかった。

これはきっと、好きなアニメを見たいと言われるのがうれしいと思ってしまう、オタクの悲しい性のせいだろう。間違《まちが》いない。

そう自己分析《ぶんせき》しつつ、遠衛に訊《き》かれるままドラゴンランペイジについて説明しているうちに、アパートへとたどり着いた。

玄関先《げんかんさき》に置くのはなんとなく不安で、佑は自室のテーブルの上に紙袋を置きに入る。本当は今すぐにでも見たいくらいだったが、ぐっと我慢《がまん》して部屋を出た。

だが、ドアの外で待っていた遠衛に「ついでだから荷物も置いてけばいいだろ」と言われて、言われるがまま財布《さいふ》と携帯《けいたい》以外はリュックから出し、スイカをポケットにしまう。

「そう言えば出かけるって、どこに行くつもりだよ？」

「んー、とりあえず飯かな。駅まで戻《もど》るか——あ、そうだ。前もって言っとくけど」

「なんだよ？」

なんとなくいやな予感がして、佑は身構える。

「これはデートだから。お前は俺の言う通りにエスコートされること。それが約束な」

「で……」

デート、そしてエスコートという言葉に、遠衛の正気を疑ってしまう。エスコートなんていう言葉はもう、口語ではないとすら思う佑である。

だが、遠衛は特におかしなことを言ったつもりはないらしく、いつも通りの涼《すず》しい顔をしていた。

「気になってたんだけど」

「なんだ？」

「遠衛って……——ゲイなのか？」

恐《おそ》る恐るそう口にした佑に、遠衛はあっさり頭《かぶり》を振《ふ》る。

「いいや？　違《ちが》うけど？」

だったらなんで自分に手を出したり、デートだなどと言ったりするのだろう？

ゲイじゃなくてバイとか？

それとも、男を好きになったんじゃなくて、好きになったのがたまたま男だったとかいうやつ？　ＢＬ？

などと、しばらくぐるぐると考えていた佑だったが、すぐに考えても無駄《むだ》だと諦《あきら》めた。

遠衛の性癖《せいへき》がどんなものであったとしても、目の前のこの状況《じょうきょう》が変わるわけではないのだし……。

――目の前の、状況。

言われるままに電車に乗りつつ、佑は隣《となり》に立つ遠衛の存在を強く意識した。

空いた車両の中で、それでも遠衛はあちこちから女性の視線を集めている。

中には、遠衛がモデルであることを知っている人間もいるだろう。けれど、たとえ知らなかったとしても、遠衛はぱっと目を引く容姿をしている。

話をしなければ、自分が遠衛の連れだなんてきっと誰《だれ》も思わないだろう。

それは実のところ響と二人のときも同じなのだが、遠衛が相手だと、より気になってしまう。

遠衛がモデルとして一部で有名だからというだけではなく、なんとなく気持ちのほうが引いてしまう感じ。

それが、相手が響とは違ってオタクではないとわかっているからなのか、他《ほか》に理由があるのかはわからないけれど……。

電車が揺《ゆ》れ、駅に停車する。佑は何気なく今まで摑まっていたつり革《かわ》を放すと、遠衛の立っている側から一つ離《はな》れた隣のつり革を握《にぎ》った。

しかしすぐに遠衛が、たった今まで佑が握っていたつり革を握る。

「なんで距離《きょり》置こうとするかな？」

「…………お前が目立つからだよ」

だから、一緒にいたくない。

今まで何度も何度も繰《く》り返した言葉は、口にせずとも遠衛に伝わったようだ。

むっとしたように遠衛が眉《まゆ》を寄せた。

「お前だって十分目立ってるだろ」

「なっ……」

それは、典型的なオタクファッションな自分が、遠衛といるせいであって、自分のせいではない。普段《ふだん》はむしろ埋没《まいぼつ》しているくらいなのだ。

「そういうことなら、まずは飯って思ってたけど変更《へんこう》する。まだ腹大丈夫《だいじょうぶ》だよな？」

「は？」

「腹減りすぎて倒《たお》れそう？」

「そんなことないけど、そういうことって……」

どういうことだ？

遠衛の中でどういった思考の帰結があったのかまったくわからず、佑はぱちぱちと瞬いた。

「ほら、降りるぞ」

ぐいと腕《うで》を引かれて、停車した電車から降りる。

遠衛はそのまま迷わず駅の構内を改札に向かって歩いて行く。すでにはっきりと目的地が決まっているようだ。

「おいっ、どこいくんだよ？　つか、手ぇ離せよ！」

大声を出したら更に目立ってしまいそうで、佑は小声で遠衛に文句を言う。だが、遠衛のほうはそんな佑の言葉は無視することに決めたのか、そのまま振り返ることもせずにどんどん歩いて行く。

駅ビルのエレベータを八階まで上がる間も、掴まれた腕はそのままだった。

ここまでくると、振りほどこうとして暴れたほうが逆に目立つ気がして、佑はただじっとしていることしかできない。

そうしてたどり着いたのは、意外な場所だった。

「え、ここって……」

自動ドアのガラスに、アイクリニックと大きくプリントがある。いわゆる眼科病院だ。

腕を引かれるままにドアを潜《くぐ》ると、平日のせいか待合室らしきベンチの並んだ部屋は、ががらに空いていた。

「保険証持ってる？」

「持ってる、けど」

佑はまだ免許《めんきょ》を取っていないため、身分証明書代わりに持ち歩いている。

「出せ」

「だ、出せって」

わけがわからないまま、迫力《はくりょく》に押されるようにして財布から保険証を取り出す。もちろん、佑だってここが消費者金融《しょうひしゃきんゆう》の前だったならもっと抵抗《ていこう》しただろうが、病院前だ。目的は一つしかないだろう。

だが、なぜ遠衛が自分の目の健康を？

などと思っている間に、遠衛は佑の保険証を提出してしまう。

「お前はここで待ってろよ。俺は一本電話かけてくるから」

「って、な、なんだよ、待ってろって……」

「単なる視力検査だよ。終わるまでには戻ってくる」

「視力検査？」

佑が首を傾《かし》げたとき、藤倉佑さん、と名前を呼ばれた。

どうやら数人いる患者《かんじゃ》は皆《みな》、診察《しんさつ》が終わっているらしい。

「ほら、呼んでる。言ってこい」

そう言われると受付の女性の声もあって逆らいきれず、佑はわけがわからないままに視力検査を受けることになってしまう。

その上、看護師の女性が異様にきびきびとしていて、佑は始終押されっぱなしだった。検査のあと、言われるままにサンプルだという使い捨てのコンタクトで『コンタクトを入れる練習』をさせられても、文句の一つも口にできない。流されるままにコンタクトを入れられてしまった。

「メガネはこちらですから、忘れずに持ち帰ってくださいね。では、待合室でお待ちくださ い」

「あ、はい」

一体何を待つのか？　あ、支払《しはら》いか？　などとぐるぐるしつつ待合室に戻ると、遠衛が戻ってきていた。

「おま、一体……」

「へー、いいな。昔に戻ったみたいだ」

「はぁ？」

文句を言おうとした佑は、遠衛の言葉に出鼻をくじかれて、首を傾げる。

「小学校の頃《ころ》は裸眼《らがん》だっただろ？　だから、前期は佑が同じ大学だって、気付かなかったんだよな。メガネも悪くないけど、表情見えにくいと思ってたんだよ」

うんうん、と満足げに頷《うなず》かれて、ようやくコンタクトレンズを入れることこそが目的だったのだと気付く。

「ここ、検査すればとりあえずその一枚はただだって聞いてたからさ。まぁでも、ついでだしちょっと買ってこう。バラで買えるらしいし」

「って、おい、勝手に決めるなよ。俺はメガネで十分なんだから――」

「嘘《うそ》つくなよ。それ、かなりフレームゆがんでるだろ」

言いながら、遠衛は佑の手からクリニックの名前入りのメガネケースを取り上げると、持っていたバッグにしまった。

「おい、返せよ」

「お前手ぶらなんだし邪魔《じゃま》だろ？　ちゃんと返してやるから」

佑は慌《あわ》てて止めたが、それを素直《すなお》に聞くような相手ではない。

結局コンタクトも、俺が買うんだからいいだろう、と強引《ごういん》に押し切られてしまった。それだって佑からしてみれば、自分のコンタクトレンズを遠衛が買うなんてどう考えてもおかしいし、落ち着かないのだが。

しかも、落ち着かないのは気分だけではなくて、眼球もだった。

思ったよりひどくはないが、それでもごろごろとした異物感を覚えて瞬《また》きを繰り返してしまう。

そんな佑を連れて次に遠衛が向かったのは、駅ビルを出て五分ほどの場所にあった別のビルだった。

しんとしたエレベータホールでエレベータを待ちながら、佑はぱしぱしと瞬きを繰り返す。

「痛むのか？」

「……痛くないけど…変な感じ」

ちょっとした違和感《いわかん》のようなものだ。慣れれば気にならないのかもしれないが、今の佑にはまだ気にかかる。

「擦《こす》るな。ちょっと待て」

そう言って遠衛はバッグから半透明《はんとうめい》の小さな袋《ふくろ》を出した。袋にはクリニックの名前と佑のフルネームなどが書かれており、ひっくり返して軽く振《ふ》ると中からコロンと目薬が転がり出てくる。

エレベータが下りて来たのはそのときだ。

乗り込むと、遠衛は迷わず五階のボタンを押す。

「ほら、上向いて」

「え、い、いいよ。自分で点《さ》すし」

「さっさと向け」

目薬を構えてすごむ遠衛になんとなく毒気を抜《ぬ》かれ、佑はため息をついて仕方なく上を向く。

瞼《まぶた》に遠衛の指が触《ふ》れた。

ちょいちょいと、ためらうことなく目薬を点眼したあとは、手のひらで瞼を覆《おお》われる。

「どうだ？」

「……マシになった」

じんわりと、目薬がしみてくるような感覚がして、佑は遠衛の手のひらの下で素直に目を閉じたままそう言った。

チン、と軽いベルの音がしてエレベータが止まる。

その瞬間《しゅんかん》。

唇《くちびる》にちゅっ、と柔《やわ》らかいものが触れて、佑はびくりと肩《かた》を揺《ゆ》らした。

手のひらが離《はな》れる。

「はい、到着《とうちゃく》。あ、これお前が持ってろよ」

「――――おっ、お前今何を……!!」

ぎゅっと手のひらに目薬を握《にぎ》らされて、佑はハッと我に返った。

だが、その問いの答えを聞く前に視界に入ったものを見て、佑は目を瞠《みは》る。

ガラス張りの店内。

並べられた椅子《いす》と鏡、そしてシャンプー台。

それを目にした途端《とたん》、さっと顔から血の気が引いて行く。

そのビルの五階にあったのは、佑が歯科医院と同じくらい苦手にしている美容室だった。

実を言えば人生で一度だけ行ったことがあるのだが、そのときの美容師とのやり取りで、精神的にぼろぼろになり、もう二度と足を踏《ふ》み入れないと心に決めていたのだ。

現在は実家に帰ったときに近所の床屋《とこや》に行くか、駅などにあるカット千円の店で済ませている。

しかし。

「お、おい。まさかここに入るのか？」

及《およ》び腰《ごし》の佑がそう言ったときには、すでにドアが開かれていた。佑は咄嗟に逃《に》げようとしたが、遠衛にぐっと腕《うで》を摑まれて仕方なくその場にとどまる。

「あ、いらっしゃいませぇ。――ザキさーん、アスマくん来ましたよー」

受付にいた、いかにもリア充《じゅう》っぽい雰囲気《ふんいき》の明るい髪色《かみ》をした青年が、店の中に向かって声をかける。すると、奥からメガネをかけた痩《や》せ型《がた》の男が現れた。ウェーブした長めの茶髪《ちゃぱつ》が嫌味《いやみ》なく似合っている。

「今日は急にすみません。こいつなんだけど」

言いながらぐいと腕を引かれて、男――ザキの前に押し出された。

「ふぅん」

どうとでも取れるような、しかしどことなく面白《おもしろ》がっているように聞こえる相槌《あいづち》を打ちつつ、ザキが佑を見つめる。

佑は視線を床《ゆか》に落として、居心地《いごこち》悪く身じろいだ。正直、佑は逃げ出したくてたまらなかった。遠衛に摑まってさえいなければ再び逃亡《とうぼう》を図《はか》っていただろう。

「好きにしちゃっていいの？」

「ザキさんの腕、信用してますから」

あきらかに俎上《そじょう》に乗っているのは自分だと思うのだが、遠衛だけならともかくザキや受付の青年の視線などもあって、うまく口を開くこともできない。

「じゃ、俺は服のほう行ってくるんで」

「えっ」

ぱっと腕を摑んでいた手が離れた。

佑はぎょっとして遠衛を振り返る。まさか、先ほどのクリニックと同じように、またここに置き去りなのかと不安になった。

遠衛はそんな佑を見て、くすりと笑う。

「そんなかわいい顔するなよ。……すぐに戻《もど》ってくるから、ザキさんの言う通りにしてれば大《だい》丈夫《じょうぶ》」

「かっ……」

かわいい、という言葉に頰《ほお》が熱くなる。こんな人前で、言っていい冗談《じょうだん》と悪い冗談があるだろうと思った。

だが、佑が何も言えずにぱくぱくと口を動かしているうちに、遠衛はもう一度ザキに挨拶《あいさつ》をして店を出て行ってしまう。

「さてと、じゃこっちきて」

「え、あ、あの」

「早く」

言いながらザキはさっさと店の奥へと歩いて行く。

どうしていいかわからずおろおろとその場で立ち往生していた佑に、受付の青年が「早く行ったほうがいいよ」と口にした。

「え？」

「ザキさん、ああ見えて短気だから。待たせないほうがいい」

そう言われても、自分は髪を切ってもらうつもりなどこれっぽっちもなくて、できることなら今すぐ踵《きびす》を返してここから逃げ出したい。

そう思うのだが……。

「ほら、早く早く」

急《せ》かされて、結局何も言えずにザキのあとを追った。

そんなに広い店ではない。落ち着いた照明の店内には、鏡と椅子のセットが五つ。シャンプー台が三つ。

椅子は三つが埋《う》まり、シャンプー台にも人が二人いた。空いている椅子はおそらく今髪を洗われている人物のものだろう。どうやら満員らしいが、どうするのだろうと思っていると、ザキは奥にあるドアを開き、中へと入って行く。

佑も続いて中に入ると、そこは鏡と椅子、そしてフルフラットのシャンプー台の設置された個室だった。

「あ、あの、オレ……」

別に髪を切りたいと思っていないと言ってもいいものか、正直迷う。相手が美容師というだけで苦手意識が先立って、口元がこわばってしまう。

「座って」

口ごもっているうちにそう端的《たんてき》に言われて、佑は結局何も言えないまま、シャンプー台の椅子にかけた。

柔らかすぎず、かといって硬《かた》くもない。座り心地《ごこち》のいいはずの椅子だが、佑には死刑執行《しけいしっこう》の電気椅子のように感じられた。

遠衛にはあとでたっぷり文句を言ってやろうと心に決めつつ、いやでもこれも『言うことを聞く』の一つなのか？　と思う。

……いや、そもそも一つ言うことを聞く、という約束だったのだからやっぱりおかしい。

けれど、遠衛の口にした『エスコート』という、ふざけた言葉にこれも含《ふく》まれているのだとしたら？

遠衛が、見るからにオタクな自分と歩くのがいやでこうしたいというなら、従うべきなのかも知れない。

そんなことを考えているうちに首元にタオルを巻かれ、椅子が倒《たお》された。

目が合うのがおそろしくて咄嗟に目を瞑《つぶ》ると、すぐに顔の上にタオルがかけられる。

「熱かったら言ってね」

それだけ言われて、すぐに洗髪《せんぱつ》が始まった。

タオルの下でじっと目を閉じていると、ついつい先ほどエレベータでされたことを思い出してしまう。

――そ、そう言えばあれは、なんだったんだ……！

一瞬《いっしゅん》のことだった上に、美容室に連れてこられた衝撃《しょうげき》で問い詰《つ》めるのをすっかり忘れていたが、あれは多分遠衛の唇だった、と思う。

あんな場所で……しかも、どうやらここは知り合いの店らしいのに、キスをするなんてなんのつもりなのだろう？　幸い受付の青年は気付かなかったようだが、タイミングによっては危なかっただろう。

今更《いまさら》ながらじわじわと羞恥《しゅうち》がわいて、あのとき握《にぎ》らされたまま手の中にあった目薬をぎゅっと握りしめてしまう。

「なんでもないです」と小声で告げた。

そんな佑の様子に気付いたのだろう、ザキにそう声をかけられて慌《あわ》てて「なんでもないです」と小声で告げた。

けれど、なんのつもりなのかと言えば、この状況《じょうきょう》自体もそうだ。

何を考えて遠衛が自分を引きずり回しているのか、佑にはさっぱりわからなかった。

そう思い悩《なや》んでいるうちに洗髪は終わり、その後は鏡の前の椅子に座らされて、髪を乾《かわ》かされる。

一体どういう手順なのかよくわからない佑は、されるがままになりつつ、鏡の中のザキをちらりと見つめる。

正直な話、これからこの、自分とはなんの共通項《こう》もなさそうな男に髪を切られるのだと思うと、果てしなく憂鬱《ゆううつ》である。

『今日はどうしますか？』

という問いになんと答えていいかわからず、小声でなんとか返した『短くしてください』を何度も聞き返された苦い経験が、脳裏《のうり》を過ぎった。

自分から髪《かみ》を切ろうと思って足を踏《ふ》み入れたときでさえそうだったのだから、なんの準備もないままの今日は、本当になんと口にすればいいのかと、内心途方《とほう》に暮れる。

別に切って欲しいとも思っていないのだとか、何もしないでくださいと言えるような度胸があれば、おとなしくこんなところに座っていないわけで……。

だが、幸いと言うべきか失礼なことにと言うべきか、ザキは佑に何も尋《たず》ねなかった。

乾かされた髪に、無言のまま何かべたべたしたものを塗《ぬ》られ、ラップで覆《おお》われる。

髪のこともだが、遠衛との関係などについても何も訊《き》かれないことは意外だった。ただ、無言のままてきぱきと作業を進めて行く。

そうなると、佑のほうも徐々《じょじょ》にリラックスしてきた。

前髪《まえがみ》を上げられたことで露出《ろしゅつ》した自分を見つつ、こんな顔だったっけ？　と思う。メガネのない自分の顔をこんなにクリアに見たのはどれくらいぶりだろう。

中学に入って半年ほどしてメガネを使うようになったが、その頃《ころ》はまだ授業中や、映画館など、限られた場所での使用で済む程度だった。

急激に視力の低下が進み、メガネなしでは自室を歩くのも難しくなったのは、高校に入る前。受験の頃だっただろう。つまり、ここ四年ほどは自分の顔をほとんど見ずに過ごしてきた計算になる。

もともと鏡を見るような習慣がなかったので、気にしたこともなかったけれど……。

遠衛が戻《もど》ってきたのは、ここに着いて一時間ほどしてからだ。

その間に佑は再び髪を洗われて、髪にはさみを入れられ、眉《まゆ》までカットされてしまった。

「どうですか？」

「もう終わる。入っていいぞ」

ドアの外から声をかけてきた遠衛が、その答えにドアを開けて中に入ってくる。

手に、幅《はば》六十センチはありそうな大きな紙袋《かみぶくろ》を持っているのが、鏡越《ご》しに見えた。

パチリと、目が合う。

メガネよりもスッキリした視界。遠衛が満足げに微笑《ほほえ》んだのが見えた。

「――終わったぞ」

大きなブラシで顔についた毛を払《はら》われて、ケープや首周りのタオルを取り払われる。

「さすがですね」

「悪くない素材だったからな。染めたことがないせいだろうが、ケアをしてなさそうなわりに痛みも少なかった」

「ありがとうございます。無理にでもお願いしてよかった。――あ、あと少しだけここ借りてもいいですか？」

ちょい、と紙袋を上げてみせる遠衛に、ザキがワゴンの上の時計に目をやって頷《うなず》く。

「予約がある。二十分以内に済ませろ」

そう言うと、ザキはもう佑から興味を完全に失った様子で部屋を出て行った。

「感想は？」

ザキを見送ったあと遠衛は楽しげに佑に近付いてくると、そう言って背後から佑の肩《かた》に手を置いた。

「……別に」

なんとなく、いやなことを思い出しそうな位置関係に、佑はその手を払うようにして立ち上がる。

本当は別に、どころではなかったが、なんと言っていいかわからなかったというのもある。鏡に映っている自分は、まるで別人のように見えた。首から下は確かに自分なのに、まるで首だけ別のアバターに挿《す》げ替《か》えたかのようだと思う。

「まぁいいか。とりあえず服脱《ぬ》いで、これに着替《きが》えろ」

くすりと笑って、遠衛はたった今まで佑が座っていた椅子《いす》に紙袋を置いた。

当然のように言われた言葉に、佑は怪訝《けげん》な顔で遠衛を振《ふ》り返る。

「着替えろって……」

「タグは取ってあるから」

「いや、そういうことじゃなくて」

「さっさとしないと俺が服を脱がせるぞ――二十分じゃたいしたことはできないけどな」

脅《おど》し文句《もんく》としか思えない言葉に、かっと頬《ほお》が熱くなった。

警戒《けいかい》するように遠衛を睨《にら》んだまま、紙袋に手を伸《の》ばそうとして、自分がまだ目薬を握ったままだったことを思い出す。

すっかり体温で温まってしまった目薬を見たら、美容室に入る前の一件も思い出したが、ドア一枚隔《へだ》てたところに人がいること、そして二十分と時間を切られていることもあってここで問い詰める気にはなれなかった。

「あれ？　それずっと握ってたのか？……そんなに心細かった？」

「そんなわけあるかっ」

からかうように言われて、更《さら》に頬が熱くなる。

勢いで投げた目薬が、遠衛にヒットして少しだけ溜飲《りゅういん》が下がった。

けれど、紙袋の中身を見て思わず動きを止める。

「おい、マジでこれ、俺が着るのか？」

「当たり前だろ」

「お前じゃなくて？」

自分のクローゼットでは見たことがないような、ピンクがかった色のカーディガン。Tシャツはグレーで、その下にはカーゴパンツとベルト、更に靴《くつ》と靴下《くつした》まで入っている。道理で袋《ふくろ》が大きいはずだ。

シャツはともかく、パンツや靴のほうは値段を考えるのがおそろしかった。

いや、実際のところシャツも普段《ふだん》自分がユニクロで買っているのとは、ゼロの数が違《ちが》う可能性もあるのだが……。

「やっぱり、俺にはこんなの無理……」

「いいから早くしろ。あと十五分したら、全裸《ぜんら》でも追い出されるぞ」

さすがにそんなことはないだろうと思ったが、先ほどまでのザキの淡々《たんたん》とした作業ペースを思い出すと、絶対にありえないとは言い切れない気がした。

けれど、そもそも脱がなければ追い出されても問題はないはずで……。

「どうしても脱がされたいみたいだな？」

そんな佑の考えがわかったのか、遠衛はそう言ってにっこりと笑った。

そして、本当に佑のシャツを捲《まく》り上げようとする。

「わっ、わかった!!　自分で着替える！　着替えるからっ」

佑はそう言ってなんとか遠衛の手から逃《のが》れると、できるだけ手早く着替え始めた。

ジーンズを脱いだときだけ、なんとなく視線が気になったけれど、気のせいだと自分に言い聞かせてさっさと穿《は》き替える。

その間に、遠衛は佑の脱いだものを無造作に――だがある程度はコンパクトになるように畳《たた》んで袋に入れていた。

　だが、佑が着替え終わったのに気付くと、最後に脱いだ靴をしまうのは後回しにして、じっと佑を見つめる。

「やっぱり、俺の見立てに間違《まちが》いはないいな」

「…………」

　憎《にく》まれ口の一つも言ってやりたいのに、言葉が出なかった。

　鏡に映る自分は、先ほどの首だけを違うアバターにしたようなちぐはぐさがなくなった代わりに、まるで別人のようだ。

　知らない人間と遠衛が並んでいるようにさえ見える。

　けれど、佑が一番強く思ったのは、二人が並んでいても全く不自然に見えない、ということだった。

　間違いなく、自分のはずなのに……。

　なぜだか不意に肩の力が抜《ぬ》けたような気がした。――こんな簡単なことだったのかと。

　しかしそれと同時に、少しだけ胸の奥がごろごろとした。

　それは痛みというより、本当にちょっとした違和感《いわかん》だった。

　まるで、コンタクトを入れた瞳《ひとみ》のような――心に何か一枚、膜《まく》のようなものが入り込んだような……。

「そろそろ時間ですけど」

NGE
OH DEATH R

ノックと同時にドアを開けたのは、受付の青年だった。

はっとして振り向《む》いた佑の目と、青年の目が合う。

「――っと、すごい、変わりましたね。さすがザキさん」

「当然だ」

声は青年の更に後ろからした。

「うわっ、び、びっくりさせないでくださいよぉ」

「……ああ、いいな。来月また顔出せよ」

ザキは上から下まで佑を見つめてそれだけ言うと、頷いてまた出て行ってしまう。

なんだったんだろう？　と、佑は首をひねったが、遠衛と青年には思うところがあったらしい。

「ザキさんが一度終わったあとに、もう一度見に来るって珍《めずら》しいなぁ。しかも来月って。もう新規取らないとか言ってたのに」

「――それだけ出来栄《できば》えが気に入ったってことかな」

遠衛は苦笑《くしょう》したが、一瞬《いっしゅん》だけ視線に剣呑《けんのん》なものが混ざったのを佑は見てしまった。

けれど、それ以上は特に何事もなく、遠衛は佑が脱いだ靴を回収すると、今履いている靴が入っていた箱にしまい、紙袋の中に入れる。

「これ、頼《たの》むな。宅配伝票も中に入ってるから」

「はい、明日《あした》の最終ですよね。出しときます」

青年のほうは気付かなかったらしく、なんでもない顔で遠衛の手から紙袋《かみぶくろ》を受け取る。

佑はぎょっとして目を瞠《みは》った。

「えっ、ちょ、どういうことだよ？」

「荷物になるだけだろ？　明日の夜、お前のアパートに届くようにしてもらうから」

振り返って問い詰《つ》めた佑に、遠衛は決定事項《じこう》だというように告げる。

「俺のアパートって……」

確かに二度ほど来てはいるが、住所を教えたわけではない。

「あ、そうだ。これ返しとくよ」

調べたのだろうかと思ったとき、遠衛が思い出したというように財布《さいふ》から名刺《めいし》サイズの紙のようなものを取り出した。佑の保険証である。

そう言えば、眼科医院で返してもらった記憶《きおく》がない。

これでは住所を書くくらいは簡単だっただろう。

佑は苦虫《にがむし》を嚙《か》み潰《つぶ》したような顔で、保険証を受け取った。

「じゃ、よろしく。ありがとう」

「はーい。じゃあまた」

たった今のやり取りを見ていなかったかのような屈託《くったく》のなさでそう言って、青年がひらひらと手を振《ふ》る。

佑は一つため息をついた。こうなったら仕方がない。確かにこれからどこに行くかは知らないが、靴を含《ふく》む洋服一式はかさばるし邪魔《じゃま》になるだろう。結局、青年に軽く会釈《えしゃく》をするにとどめて、遠衛とともに部屋を出る。

ザキはちょうど接客中だったようで、遠衛の挨拶《あいさつ》にも目顔で返しただけだった。

そのまま佑と遠衛は美容室を出て、タイミングよく五階にとまっていたエレベータに乗り込む。

「――――おい」

「うん？」

「美容院と服の代金、いくらだったんだ？」

美容院のほうはいつの間に支払《しはら》いを済ませていたのか、出てくるときには支払わなかったし、服のほうもタグが取られていたので、値段が一切《いっさい》わからなかった。

だが、いくら佑が身なりに構わない性質だといっても、相場が全くわからないというわけではない。

いや、ほとんどわからないに等しいは等しいのだが、それでも美容室と洋服代、ついでに言えば眼科で買っていたコンタクトの金額（それは把握《はあく》しているが）を合わせたら、先ほどのブルーレイの値段を超《こ》えるのではないか、ということくらいは想像がつく。

「なんだ、自分がいくら貢《みつ》がれたか把握しておきたいタイプ？」

「そうじゃなくて！」

今回の美容院だの洋服だのは、正直遠衛が勝手にやったことだとは思う。だが、結局自分が断りきれなかったのにも問題はある。

それに――――こうして髪《かみ》や服を整えて遠衛と並んだ自分を見て、心が軽くなったのも事実なのだ。

だから、全額は無理でも半額くらいは出そうと思ったのである。

もちろん、ぽんと用意できる金額でない場合は、次の仕送りまで待ってもらうことにはなるが……。

じっと睨《にら》みつける佑に、遠衛がくすりと笑う。

「冗談《じょうだん》だって。美容院も、服もタダだよ。タダ」

「はぁ？　そんなわけないだろ？」

ごまかすなと、佑は更《さら》にきりきりと眉《まゆ》を吊《つ》り上げた。

だが、遠衛は全く気にした様子もない。

「あるんだよ。実際、美容室では俺、払《はら》ってなかっただろ？」

言いながら遠衛が開いたエレベータのドアを押さえる。佑は一瞬《いっしゅんと》戸惑《まど》ったが、先にエレベータを降りた。

「服も、世話になってるスタイリストさんからもらってきたんだ」

それが本当のことなのか、それとも嘘《うそ》なのか、佑にはわからなかった。

洋服のタグをとってあるという言い方をしていたことからすれば、店頭に出ていた服なのではないかとも思うが、それだけでは嘘だという証拠《しょうこ》にはならない。

逆に、美容室で支払いをしているのを見ていないことは確かだが、それだって自分が見ていないところで支払っていたのかもしれないし……。

「なんにしても、こんないろいろもらうわけにはいかないだろ」

「じゃあ、昼飯おごってくれよ。もう二時過ぎてるし、いい加減腹も減ってきたから」

そう言えば自分もそうだ。

「……わかった。じゃあ、なんでも食いたい物言えよ」

それで済む金額ではないと思ったが、これ以上突《つ》っ込んだところで遠衛は認めないだろうし、とりあえずは言われたとおり昼食をおごることにする。

とりあえず、財布の中に五千円は入っていたはずだから、昼食ぐらいはなんとかなるだろう。帰りの電車賃はスイカがあるからどうとでもなるし、足りなそうだったら自分の食べる分をセーブすればいい。

などというところまで佑は考えていたのだが、意外にも遠衛が食いたいといったのは、期間限定のハンバーガーだった。

「あれ木曜までだろ？　俺まだ食ってないんだよ。佑はもう食べた？」

「いや、俺もまだだけど……」

そう話しつつ、さっそくファストフードの店へ足を向ける遠衛と並んで歩きながら、佑は「本当にそれでいいのか？」と尋《たず》ねる。

「食いたいものなんでも言え、って言ったの佑だろ？」

「それはそうだけど」

いくら期間限定のものとは言っても、ハンバーガーではセットで七百円程度だ。サイドメニューをつけても千円いかないのではないだろうか？

だからといって、ハンバーガーよりも絶対にうまいからと、遠衛に勧《すす》められるような店を知っているわけでもない。

「――まぁ、お前がいいならいいけど」

そう言って佑は遠衛の横を歩きつつ、ため息をついた。


たとえばエスカレータ横の鏡や、ビルの入り口のガラス扉《とびら》。

そういう場所に映る、いつもと全く違《ちが》うように見える自分に戸《と》惑《まど》いつつも、そのあとの佑はり……。

極自然に遠衛との時間を過ごした。

一緒《いっしょ》に映画を見たり、買い物をしたり、一人だったら絶対に入らないようなカフェに入ったり……。

けれど、映画は佑が見たいと思っていた劇場版アニメだったし、買い物もどちらかというと佑が付き合うよりも、遠衛が佑の見たいものに付き合ってくれるほうが多かった。

今はそろそろ夕食にしようと、遠衛がお勧めだというレストランに向かってといるところだ。

しかし不思議なことに、映画館でもショッピング中も、そして今も——まるで響や深山といるときのように、人の視線が気にならない。

それでいて、オタク友達と一緒にいるときには近付きもしない店にも、あまり臆《おく》せずに入ることができた。

そちらは多分、鏡に映る自分を本当にアバターのように感じていたからだろう。

きちんとした格好をしていて、遠衛の隣《となり》に並んでもおかしくない。そんな自分だから大丈夫《だいじょうぶ》だという安心。

外見だけでそんな風に思うなんておかしいかもしれないが、それでも気持ちが楽になったのは確かだった。

そうするうちに、気になることが出てきた。

——この立ち位置が問題なのか？

遠衛は、今日何度も横を歩く佑を見た。まるでそこにいるのを確認するように。

「……」

――ほら、まただ。

視線を感じて見上げると、隣を歩いていた遠衛がまた佑のほうを見つめていた。

思わずじっと見つめ返すと、遠衛が不思議そうに首を傾《かし》げる。

「なんだ？」

「い、いや、別に」

「なんだよ、逆に気になるだろ？」

表情は上機嫌《じょうきげん》で、佑にそう問いかける声もどこか楽しそうだ。

それを見て佑は、やはりそうなのかもしれない、と思った。

佑が着替《きが》えたあとから、ずっと遠衛の機嫌《きげん》がいいのを、最初のうち佑は美容室で考えた通り「遠衛はオタクな自分とは並んで歩きたくなくて、だからきちんとした格好をさせたことで満足したのだろう」と思っていた。

けれど、それは間違《まちが》いだったのかもしれない。

第一、本当にオタクな格好の佑と並びたくないと思っていたなら、オタク趣味《しゅみ》に付き合ってくれるのはおかしいと思う。

「……遠衛はアニメ見たり、アニメショップに入ったりすんの、気にならないのか？」

「気になるって？」

「だ、だから、こういうのがファンに見られたらやばいんじゃないかとか……遠衛までアニオタだと思われるかも知んないし」

「なんだ、そんなことか。別に気にするようなことでもないだろ」

遠衛の言葉は、本当になんとも思っていないように聞こえた。

行きの電車の中でも、遠衛の隣を避《さ》けようとしたのは自分のほうで、遠衛ではなかったことも思い出す。

そう……いつだって、引け目を感じていたのは自分のほうだったのだ。

「――遠衛」

「うん？」

「お前、なんで俺にこんな格好させたんだよ？」

「別に？　単に佑にかわいい格好をさせたかっただけだけど？」

嘘をつけ、という言葉を佑は飲み込んだ。

遠衛がうれしそうにしているのは必ず、佑が隣にいるときなのだ。

いつものくせで、遠衛が隣に並ぶのを避けようとして、いや今日は避けなくていいのだと元の場所に戻《もど》る。それを何度か繰《く》り返しているうちに、気付いたことだった。

一歩下がったのを戻して隣に並ぶ。すると、遠衛がそれに気付いて笑顔になる。

佑の格好がどうとかではなくて、遠衛は自分が佑と並んで歩いているのがうれしいってことなんじゃないのか？

「っ……」

乙女《おとめ》ゲームもびっくりな、甘ったるいことを考えた自分が恥《は》ずかしく、佑はそっと俯《うつむ》いて赤面した顔を隠《かく》した。

そんなばかなことがあるはずがない、と思う。

遠衛は自分のことを恨《うら》んでいて、からかっているだけだ。

好きだなんて言葉に実はない。

――もし、自分のことを本当に好きだったら、あんなひどい抱《だ》き方はできないはずだと思う。

そう思っているのに……。

半日、遠衛と過ごしただけで、ほだされそうになっている自分に呆《あき》れてしまう。

そう思って、佑がため息をついたときだった。

「アスマ？」

「ほらぁ、やっぱりアスマだよ」

「ホントだ！」

そんな声がして、遠衛が立ち止まる。

声がしたのは佑の左側——遠衛の立っている側だったため、佑には何が起きたのかすぐにはわからなかった。

だが、すぐに数人の女子が駆《か》け寄ってくるのが見える。

立ち止まったということは、一方的なファンというわけではないのだろう。

「こんなとこでどうしたの？　今日三限来なかったから心配したよー」

「出席カード、ちょうど予備持ってる色だったから出しといたけど」

「マジで？　ありがと」

会話の内容からして、どうやら同じ大学の学生のようだ。

同時に、遠衛は三限まで講義があったのかと、初めて気付く。

自分が二限までだったのと、すぐに行こうと誘《さそ》ってきたのが遠衛だったのもあって、てっきり遠衛も二限で終わりなのかと思っていた。

せっかくだし一緒に夕食を食べようと誘う彼女たちを、遠衛がまた今度といなしているのを見つつ、佑は少しだけ自分がしょんぼりしていることに気付く。

彼女たちが苦手だから居心地《いごこち》が悪いというのもあるが、それだけではないような気もした。できることならこの場から抜《ぬ》け出して、先に帰ってしまいたいと思う。

もちろん、今日は遠衛に付き合う約束だし、ここまで来て無言で先に帰るなどできるはずもないので、いつも通り成り行きを見守っていたのだが……。

「ねね、初めて見る顔だけど、うちの大学？」

突然《とつぜん》、五人いたうちの一人が、佑に話しかけてきた。

どきりとして視線を上げると、思ったよりもあどけない顔立ちが近くにあって驚《おどろ》く。

遠衛の取り巻きが佑に話しかけてくることは、めったにないことだった。たまにあっても、それは大抵《たいてい》遠衛のいない場所で、遠衛との関係を問いただされるなどという方向のことで、こんな近くまで体を寄せられたこともない。

しかも、視線はいつものようなとげとげしいものでは一切《いっさい》なかった。八割くらいは好奇《こうき》のようだが、どちらかというと好意的な視線だ。

「え、あの……」

「赤くなってるしぃ。かわいい。ね、一緒にごはんいこーよ」

おかしそうに笑う声も、陰湿《いんしつ》さはなく楽しげで、悪意は感じられない。

残りの四人も釣《つ》られたように佑を見たが、やはり誰《だれ》一人として佑が前々から遠衛と一緒にいることのあったオタクだとはわからないらしい。

もっとも、佑にも彼女たちが誰かはわからないし、ひょっとしたらいつもの格好のときも会ったことはないのかもしれないが……。

「ね、アスマがだめならきみだけでもさっ」

「えっ、ええ!?」

腕《うで》を組まれて、距離《きょり》の近さにますます顔が赤くなる。もちろん行くつもりはないし、この少女も本気で言っているわけではないだろう。

けれど、三次元女性に免疫《めんえき》のない佑は、なんといって断ればいいのかわからずにおろおろしてしまう。

「悪いけど、ちょっと急ぎの用事があるから、また今度な」

そう言ったのは、もちろん佑ではなく遠衛のほうだ。

「うわっ」

佑の手首を痛いくらいの力で掴むと、不満げな声を上げる女の子たちを無視して、さっさと歩き出してしまう。

「と、遠衛っ！」

なんでそんなに急ぐのかと訊《き》きたかったが、遠衛はなにも言わずにただ歩いて行く。

残念ながら遠衛よりも足の短い佑は、ついて行くのがやっとというくらいのスピードだ。

それは、女子学生たちの姿がすっかり見えなくなってからも変わらず、佑の手首を掴む手の強さも相変わらずだった。

「手！　痛いって！」

何度目かの佑の訴《うった》えに、遠衛の足がようやく止まった。――と思ったら、それは単に店の前に着いたからだったらしい。

いつの間にか人通りは少なくなっていた。どうやら大通りから一本路地を入ったせいのようだ。ついて行くのに必死になっていて気付かなかった。

街灯も少ない道だが、店の前にはオレンジの明かりが点《とも》り、二人がけの木製ブランコがオブジェのように置いてあるのが浮《う》かび上がって見える。

その前に小さな看板が置いてあった。

遠衛は佑の手首を離《はな》すと、ドアを押し開ける。木製のドアは上半分に擦《す》りガラスがはまっていた。

「いらっしゃいませ」

出てきたギャルソンに、遠衛が予約をしていた旨《むね》を告げる。いつの間にと思ったが、今日は歯科医院でも、美容室でも遠衛とは別行動だった。電話をかける機会はいくらでもあっただろう。

全体的に照明を抑《おさ》えられた店内は、奥のほうが広くなっていた。けれど、案内された先はそちらのホールのような場所ではなく、少し奥まった場所にある、カーテンのかけられた半個室だった。四～六人ほど入れそうな、ゆったりとしたテーブル席である。

二人が中に入ると、いくつかメニューの説明があり、飲み物のオーダーを取ったあと、ギャルソンがカーテンを下ろしていった。

佑は、食事のメニューを開きつつ、ちらりと遠衛を見つめる。

なぜかわからないが、やはりどことなく不機嫌《ふきげん》そうな様子だ。

さっきまでずっと上機嫌《じょうきげん》だったのに。原因といえばタイミング的にあの取り巻きたちのことしかないが、あれはどちらかといえば自分のほうが不機嫌になる権利がある気がする。

そんなことを考えているうちに飲み物が来てしまい、何を食べるか考えていなかった佑はよくわからないからと、遠衛に注文を任せてしまうことにした。

遠衛は相変わらず機嫌《きげん》がいいとは言えない様子だったが、何度か来たことがあるのか迷うことなく何品かをオーダーする。

「ちょっと、トイレ行ってくる」

注文をとったギャルソンが立ち去ってすぐ、佑はそう言って席を離れた。

案内板を目で追いつつ、トイレへと向かう。店内はちょうど込み合う時間のためか、ほぼ満席のようだった。

トイレの中は広く清潔で、個室は二つあったが中には誰もいなかった。

――自分が落胆《らくたん》していることがおかしかった。

けれど、やはり自分が何かしてしまったのだろうかと思うと、少し気にかかる。

ひょっとして、取り巻きの女の子が、自分に興味を示したのが気に入らなかったのだろうか？

「って、そんなわけないか……」

ポツリと呟《つぶや》いてから、小さくため息をこぼす。

遠衛はどちらかというと彼女たちを邪険《じゃけん》にしているし、何よりあの女の子が自分をかわいいといったのは冗談《じょうだん》のようなものだろう。

佑だけでもと言ったのだって、遠衛に対する当てつけのようなものだっただろう。

彼女たちを佑に取られるなどという誤解は、さすがにしていない……と思う。

どう考えてもわからなくて、佑はそっとため息をついた。

だが、これ以上考えても無駄《むだ》だろう。

——とりあえず早く食事を終わらせて帰ろう。

そう思いつつ、用を足して出ようとしたときだ。

ドアを開けた途端《とたん》、強い力で中に押し込まれ、佑は尻餅《しりもち》をつくように便座の蓋《ふた》の上に座り込んでしまう。

慌《あわ》てて顔を上げると、そこに立っていたのは遠衛だった。

後ろ手にかちゃりと鍵《かぎ》を閉める音がして、佑はハッと息を呑《の》む。

「な、なんのつもりだよ……?」

「よく考えたんだけど、やっぱり最初が肝心《かんじん》だよな」

見下ろされ、にっこりと微笑《ほほえ》まれて声が震《ふる》えた。いや、震えたのは声だけではない。背筋もである。心臓がどきどきと早鐘《はやがね》を打った。

「……な、何……？」

「この前したお仕置きの話、ちゃんと守れてなかっただろ？」

「お仕置き……？」

佑がパチリと瞬《またた》くのを見て、遠衛が首を傾《かし》げる。

「『下着の着用は禁止』……気持ちよくなりすぎちゃって忘れてた？」

そんなことは言われた覚えがない、そう言おうとした途端。

――お仕置きとして、下着の着用は禁止する。わかった？

唐突《とうとつ》に、遠衛の声がよみがえってきて、佑ははっとする。朦朧《もうろう》とする意識のどこかで、聞いたような気がした。

いや、遠衛の口ぶりからして、本当に言われたのだろう。

「なんだ。本当に覚えてなかったのか？　てっきり、もっとひどいお仕置きがして欲しくて、わざと守らなかったのかと思った」

「そ、そんなわけないだろっ」

カッと、頬《にお》が熱くなる。

本当に覚えていなかった。言われて初めて思い出したのだ。

昼間美容室で着替《きが》えているとき、ジーンズを脱《ぬ》いだ途端に強い視線を感じたのは、そのせいだったのかとも思う。

けれど、もし覚えていたとしても、自分は実行しなかっただろう。

遠衛の言うことを聞かなければならない道理はないし、お仕置きとやらを甘んじて受けなければいけない理由もない。

ない——はずだ。

「じゃあ、とりあえず脱いで」

「ぬ、脱げって……なんでそんなことしなきゃなんないんだよっ」

「へえ？　そういうことを言うんだ」

遠衛の視線が鋭《するど》くなった。ドアに預けていた背中を離し、佑に近付いてくる。

「今日は許してあげてもいいかなって思ってたんだけど……甘やかし過ぎるのもよくないよな」

にっこりと微笑んだ顔に、またもぞくりと背筋が震えた。

「昼間も訊いたけど……自分で脱ぐのと脱がされるのとどっちがいい？」

その声色《こわいろ》に遠衛の本気を感じ取り、佑はきゅっと唇《くちびる》を噛《か》む。

自分で脱ぐか、脱がされるか。

どちらもごめんだと、普段《ふだん》の自分なら口にしたはずだ。相手が普段の——いや、十五分前の遠衛だったらきっと言っていた。

もっとも、昼間だって自分は異を唱えつつも結局は脱いでしまったのだ。

しかし、昼間とは脱がなければならないものが違《ちが》う。当然、ためらいは何倍にも膨《ふく》れ上がっていた。

——それなのになぜだろう？

「俺としては、自分で脱いで欲しいけどね。早くしないと料理が届いて不審《ふしん》に思われる。……いや、もう思われてるかもな。それにこのトイレにだって、いつ人が入ってくるかわからないし？」

この遠衛には逆らいがたい気持ちになる。

きつい目で睨《にら》み下ろされると、自分の体の奥にある芯《しん》のようなものが、どろどろに蕩《とろ》けてしまうような気がした。

「——佑？」

促《うなが》すように名前を呼ばれて、佑は嚙んでいた唇を解く。

——これは、仕方のないことなのだ。

料理が来る前に席に戻《もど》らなければならないし、二人で個室から出るところを見咎《とが》められないためにも早く済ませたほうがいい。

「わかった……」

佑はそう自分に言い聞かせて、ゆっくりと頷《うなず》いた。

「いいこだ。じゃあ立って」

その言葉に従って立ち上がり、ベルトに手をかける。

どうして自分はこんなことをしているんだろうと、思わないわけではない。

急がなければならないというのが言い訳だなんてことは、佑自身が一番よくわかっているのだ。

むしろ頭の中では、自分の行動を否定する言葉ばかりが飛び交《か》っている。

こんなのはおかしい。

今すぐ遠衛を殴《なぐ》ってでも逃《に》げるべきだ。

こんなばからしい行為《こうい》に付き合う必要はない。

そう思うのに、指は震えながらもベルトを外し、カーゴパンツのボタンを外す。ファスナーを下げるジジジ、という音がひどく大きく思えた。

まずカーゴパンツを脱ぎ、トイレの横にあるペーパーなどが置かれた棚《たな》の上に置く。

そして……。

「どうした？　早く脱げよ」

「っ……」

「ここまで来て、何か脱げない理由でもあるのか？　ああ、ひょっとして」

言うなり、遠衛の手が無造作に股間《こかん》を撫《な》でた。佑はびくりと震えて、腰《こし》を引いたが、遅《おそ》い。

ぐいと下げられたトランクスから、立ち上がったものの先端《せんたん》がこぼれた。

「服脱ぐだけで、こんなに興奮して……変態だな」

「ちが……っ」

頭《かぶり》を振《ふ》ったが、トランクスの布地を擦《なす》り付けるように手のひらで揉《も》まれて、は、と荒《あら》い息がこぼれてしまう。

「違わないだろ？　まだ嘘《うそ》をつくの？」

その言葉に、奥歯がかちりと鳴った。与《あた》えられた痛みと、それをはるかに上回る快感を思い出す。

シャツの下で、まだ触《ふ》れられていない乳首《ちくび》がきゅっと硬《かた》くなった気がした。じわりと視界が滲《にじ》む。

「そんな顔されると、もっと泣かせたくなるだろ」

遠衛が満足げにそう言って、佑の股間から手を離《はな》す。

「ほら、脱げよ」

言われて、中途半端《ちゅうとはんぱ》に下げられたトランクスを更《さら》に引き下げて足から抜《ぬ》いた。遠衛が佑の手からトランクスを奪《うば》い取る。

「じゃあ、俺は先に席に戻る。お前はそれが落ち着いてから戻ってこい。――ただし、オナニーは禁止。もし勝手に射精したら、今度はもっとひどいお仕置きが待ってると思えよ」

そっと頬を撫でると、遠衛はそのまま本当に出て行ってしまった。

佑は一人になった個室の中で途方《とほう》に暮れる。

中途半端に煽《あお》られた体はまだ熱かった。トイレという場所であっても、普段なら露出《ろしゅつ》しないような場所までむき出しになっている下半身が恥《は》ずかしく、その状態で一人にされたという惨《みじ》めな気持ちが逆に佑の興奮を煽った。

自分で慰《なぐさ》めるのを禁止されたことも……。

――今度はもっとひどいお仕置きが待ってると思えよ。

最後の遠衛の言葉を思うと、膝《ひざ》が震えた。そのままへたり込むようにトイレの蓋《ふた》の上に座り込む。

そして……。

「ふっ……う…っ」

佑は、結局我慢《がまん》できずに自分のものに触れてしまった。そこはさっき遠衛が触れたときよりも更に硬度《こうど》を増している。

「は……、はぁっ……」

右手で先端を弄り、左手はシャツの上から乳首を探《さぐ》る。

「んん……っ」

佑はもともと性欲《せいよく》の薄《うす》いほうだ。いや、薄いほうのはずだった。

だから、こんな風に自分のものを弄るのにも慣れていない。

ぐりぐりと潰《つぶ》すように乳首を捏《こ》ねると、手の中のものがびくりと跳《は》ねた。それで今度は右手を動かす。だが、今度は左手が疎《おろそ》かになる。

そんな繰《く》り返しで、なかなか達することができなかった。ならば触れずに治まるのを待てばいいのに、我慢することもできなくて……。

もうすぐそこまで来ているのになかなかイケない。波に乗り損《そこ》ねたようなそんな気持ちで何度も絶頂を見送って、ようやく終わったときには随分《ずいぶん》時間が過ぎてしまっていた。

身なりを整えて、ついでに洗面所で顔を洗う。

コンタクトのことを思い出して一瞬《いっしゅん》ひやりとしたが、問題はなかったようだ。

付属のペーパーで顔を拭《ぬぐ》って戻ると、最初の料理はとっくに冷めてしまっていた。

「遅かったな」

「………」

禁止されていた自慰行為《じいこうい》を咎められた気がして、佑は一瞬どきりとする。

けれど、そんなことは自分が言わなければわからないはずだ、と思う。

「誰《だれ》のせいだよ」

佑はわざとそう憎《にく》まれ口を叩《たた》いて、遠衛を睨みつけた。

それから遠衛の顔を見なくて済むように、カトラリーを手に取る。

トイレでの出来事が嘘のように、いつもの調子で楽しげに食事をしている遠衛を睨み、佑はソファにかける。

遠衛の切り替《か》えの早さに、自分が翻弄《ほんろう》されているのが腹立たしかった。

さっきまでの逆らいがたい――支配的でどこか隠微《いんび》な雰囲気《ふんいき》など、今の遠衛からは微塵《みじん》も感じられない。

しかし……。

尻《しり》に直接当たる、カーゴパンツのごわごわとした生地《きじ》の感触《かんしょく》が落ち着かず、佑はついもぞもぞと腰を動かした。

けれど、すぐに遠衛が楽しげな目で自分を見つめていることに気付き、慌《あわ》てて食事に集中している振りをする。

「うまいか？」

「うん。……まぁ、温かかったらもっとうまかったと思うけどな」

佑の言葉に遠衛はニヤニヤと笑う。

そう言えば機嫌《きげん》のほうはすっかりよくなっているようだ。

どうして怒《おこ》っていたのかは結局わからなかったが、今更《いまさら》理由を訊《き》く気にはなれなかった。

やぶへびになる可能性もあったし、何よりいろんなことに気を回せる状態ではなかったからである。

態度ばかりはいつも通りだが、下着を履《は》いていないというどこか心もとない感覚が、佑の心の一部をちりちりと炙《あぶ》っていた。

そのせいで必死に治めたはずの体の火照《ほて》りも、完全には消えることがない。まるで熾火《おきび》のように燻《いぶ》り続けている。

佑はできるだけ意識しないように努めて、食事を続けた。

早く食事を終えて家に帰りたい。かえってシャワーを浴びて、ドラゴンランペイジのブルーレイを見て、さっきの出来事なんて忘れてしまいたかった。

けれど、食事が進むにつれて、意識はむしろ先ほどの出来事のほうに支配されていく。

そうして、そろそろ出ようというときだった。

「佑」

名前を呼ばれて、佑は遠衛を見つめる。

「どうして、だめだって言ったのに守らなかったんだ？」

「な、なんのことだよ」

内心ぎくりとしつつも、佑はそう口にした。

「本当にわからないのか？」

けれど、そう問い返されて言葉を失う。

遠衛は微笑《ほほえ》んでいた。けれど視線は強く、佑を射竦《いすく》めた。

「明日《あした》は三限からだよな？　じっくり、お仕置きしてやるよ」

「あ、や……っ」

ぐいと膝を広げられて、佑はいやいやをするように頭を振った。ベッドヘッドに背中を預けて座っている体勢のため、そんなことをされたらなにもかも丸見えになってしまう。けれど、後ろ手に拘束《こうそく》されているせいで、抵抗《ていこう》はままならない。その上、佑の目にはアイマスクがかけられていて、何も見えない状態だった。

――あのあと。佑は遠衛のマンションに連れて来られた。

部屋に入ったら、きっとまたおかしなことをされてしまう。自分がおかしくなってしまうとわかっていたのに、逆らうことができなかった。

いよいよもって、自分がマゾだという可能性を否定できなくなってきたと思う。

お仕置きされるとわかっていて、のこのこついてきてしまうなんて……。

いや、違《ちが》う。これはそうだ、遠衛があの写メを持っているから。だから逆らえない。それだけのこと……。

佑は必死でそう自分自身に言い訳をする。

もちろん、詭弁《きべん》だ。遠衛は今日一度だってあの写メについては触《ふ》れなかった。

けれど、自分にはまだ言い訳が必要なのだ。

こんな風に、ずっと知らなかった性癖《せいへき》を暴かれて、好きでもない、好かれているわけでもないだろう相手に抱《だ》かれるのには……。

「あっ……っ」

つっ、と指がわき腹をなぞり、佑は身を捩《よじ》る。

視界が遮《さえぎ》られているせいで、次にどこが刺激《しげき》されるかわからないことが、余計に佑の体を敏感《びんかん》にしているようだった。

遠衛はもちろん、それがわかっているのだろう。一点をじっくり責めるのではなく、いろいろな場所を少しずつ刺激してくる。

そのたびに佑はびくびくと体を震《ふる》わせた。

「ここも、自分で弄ったのか？　赤くなってる」

「あっ」

乳首《ちくび》を濡《ぬ》れた感触が覆《おお》う。そのままきつく吸われて、ひくひくと腹筋が震えた。

けれどその刺激もすぐに離《はな》れ、今度はまた別の場所に歯を立てられる。

「もう足の間がとろとろなの、わかってる？」

揶揄《やゆ》されて、カッと頬《ほお》が火照る。けれど、触れられるとくちゅりと濡れた音がして、それが嘘《うそ》ではないとわかった。

「さっき自分で一度出したとは思えないな」

「っ……あぁっ！」

唐突《とうとつ》に上下に扱《しご》かれて、がくんと顎《あご》が上がる。高い声を上げる唇《くちびる》の端《はし》から唾液《だえき》がこぼれた。

その唾液を掬《すく》うように指が顎に触れ、きゅっと乳首を摘《つま》まれる。

「あ、んん……っ」

今度の刺激は少し長かった。

やわやわと指の腹で揉《も》みこむようにされる。だが、もっとと望む頃《ころ》にはやはり指が離されてしまう。

断続的に与《あた》えられる快感に、佑は達することもできないまま、ただ翻弄されるしかない。

これが……このもどかしいような快感がお仕置きなのだろうか？

イケそうでイケない、ギリギリのところをずっと飛び続けているようなこれが。

しかし、そうではなかった。

きゅっと、軽く締め付《し》けられるような感覚がして、アイマスクの下で佑は目を瞠《みは》る。

「これ、なんだかわかる？」

「ひっ、あ……ああっ」

先端《せんたん》部分を指で撫《な》でられて腰《こし》が震えた。

今度こそイッてしまうと思ったのに……。

「な、何……これ…っ…や、だめっ、さ、さわんな……ああっ」

イキたい。いや、いつもならイケるはずの決定的な刺激。

なのに、イクことができない異様な感覚に、佑はわなわなと唇を震わせる。

「じゃ、見てみるか？」

アイマスクが外された。

眩《まぶ》しさに佑は一度目を閉じて、それから何度も瞬《また》きを繰《く》り返す。

そして……。

「な、なんだよこれ……？」

先走りで濡れた佑のものの根元に、何かリングのようなものがはまっていた。

「これがはまってる間はどれだけイキたくてもイケない」

そう言って、遠衛が佑のものを扱く。

「は、あっ、あっ…あぁっ」

激しい快感にびくびくと、腰が震える。しかし遠衛の言う通り、達することはできなかった。

「今日は、俺がイクまで佑にはこれをつけておくから」

「そ、そんなの、無理……っ」

現に今だってイキたくて仕方がないのだ。

なのに……。

「無理じゃない。佑なら頑張《がんば》れるよ」

遠衛はそう言うと、佑の体を俯《うつぶ》せにした。正座をして上半身だけを前に倒《たお》したような体勢である。

そして、ゆっくりと尻《しり》の窄《すぼ》まりを撫でた。

「っ……」

「ああ、ひくひくしてるな。ここで気持ちよくなれるって、もう覚えた？」

「ち、ちが……っ」

「違う？　なら、弄られても我慢《がまん》できるな」

「いっ……んっ」

言葉と同時に、ずるりと、指が中に入り込んできた。

「まずは一本」

「あ、あ……んっ」

ゆっくりと抜《ぬ》き出され、そこが自然と指を締め付けてしまう。

「今日はじっくりほぐしてやるから、楽しみにしてるといい」

「ひ、うっ……そ、なの…っ」

耐《た》えられない、と思う。

すでにイキたくてたまらないのに、中を責められたら……。

「あぁっ……！」

再び入り込んだ指が、前立腺《ぜんりつせん》に触れた。

後ろ手に縛《しば》られたままの手を、ぎゅっと握《にぎ》りしめる。

「あ、あ……っ、だめ……ぇっ」

何度も何度も、そこをこりこりと指で撫でられて腰が震えた。

必死で頭《かぶり》を振《ふ》り、少しでも動きを止めたくてぎゅっと締め付けるが、指はいっこうに止まらない。

「ひ…っ、やぁ…っ」

「どうした？　後ろじゃ気持ちよくなれないんじゃなかったのか？」

「ご、ごめ……なさ…っ、う…そっ、嘘だから…っ」

「嘘？」

「ああ……っ!!」

ぐっと前立腺を押されて、びくんと背中が弓なりになる。

「嘘はつくなって、教えただろ？」

「ごめ…なさい……っ」

背筋が寒くなるような冷たい声に、佑は泣きそうになった。

ずるりと指が抜かれ、遠衛がベッドを降りるのがわかる。

「あ……」

佑は、はっとして体を起こすと、遠衛を見上げる。遠衛はもう佑を見ていなかった。背中を向けて、ドアへと向かっている。

カタカタと、先ほどまでとはまるで違《ちが》う震えが体を襲《おそ》う。

佑の心にあったのは、これで終わったのだという安堵《あんど》ではなく、放《ほう》り出される恐怖《きょうふ》だった。

見捨てられてしまう、そう思ったら怖《こわ》くて仕方がなくなってしまう。

「ご、ごめんなさい……っ」

咄嗟《とっさ》に、佑はそう謝罪していた。

「――――何が？」

遠衛の足が止まる。

そのことに少しだけ安堵して、佑は再び口を開く。

「う、嘘ついて、ごめんなさい……」

「……それで？　許して欲しい？」

「ゆ、許して欲しい」

そう言うと、遠衛がやっと振り向いた。

「じゃあ、もう二度と嘘はつかないって誓《ちか》える？」

「……誓う」

こくんと頷《うなず》いた佑に、遠衛がにっこりと微笑《ほほえ》む。

「なら、今回だけは許してあげるよ」

戻《もど》ってきた遠衛が佑の頰《ほお》に触《ふ》れ、そっとキスをした。

「ああ、でも、ただ許したんじゃ身につかないかな」

遠衛はベッドに座り、佑に膝《ひざ》の上に伏《ふ》せるように言う。

「十回、自分で数を数えるんだ」

「な、何……ああっ！」

パン！　と大きな音がして、尻に痛みが走る。佑は驚《おどろ》いて目を瞠る。

叩《たた》かれたのだと、気づくまでにタイムラグがあった。

「一、だろ？　言わないと終わらないよ？」

「ひっ、い、一……っ」

また叩かれてじん、と痛みが広がる。

「そうそう、その調子で続けるんだ」

「二……っ」

五回を超《こ》えたあたりで、痛みは熱に変わる。痛いではなく、熱い。尻が腫《は》れ上がっているような気がした。じわりと目に涙《なみだ》が浮《う》かぶ。

なのに……。

「じゅ、十……っ！」

「よし、よくできました」

そう言って解放されたときには、リングを嵌《は》められたままの場所がとろとろと先走りをこぼしていた。

その上、頭を撫《な》でられて涙がこぼれる。

痛みのせいではなく、本当に許された、そして褒《ほ》められたという安堵からくる涙だった。

自分はどうしてしまったのかと思う。

けれど、そのあと再びじっくりと中を解《ほぐ》されて、遠衛が自分の中でイッたあと、リングを外してもらったとき、自分がリングだけでなく何かもっと大きな枷《かせ》から解放されたような、たまらないカタルシスを味わったのだった……。


携帯《けいたい》のアラームが鳴って、佑はもぞもぞと枕元《まくらもと》に手を伸《の》ばした。

パカリと携帯を開いてアラームを止める。

待ち受けにしているドラゴンランペイジのヒロインが、にっこりと微笑んでいるのを見つつ、ため息をついた。

これは深山が佑のドラゴンランペイジ好きを知ってGIFで作ってくれた待ち受けで、夜になるとキャラクターがトーマに変わる仕組みになっている。

夜になると変わる……。

それはまるで遠衛のことのようだ、と思った。

遠衛の場合は、昼と夜で変わるわけではないが、普段《ふだん》の遠衛と佑を責めるときの遠衛にはこれくらいの違いがある。

「って……俺も同じか」

呟《つぶや》いて、佑は枕《まくら》に顔を埋《うず》めて、ううう、と唸《うな》った。

——どうしてあんなことになってしまったのか。

冷静に考えれば、もっと確固とした意志を持って拒《こば》めば、拒めないことはないはずだろうと思う。

けれどあの遠衛を目の前にすると、どうしてもその意志がくじけてしまう。

やはり、自分はマゾなのだろうか……。

いや、元はといえば遠衛の顔がトーマに似てるのが悪い。

「その上、あいつがドS《エス》だから、俺が巻き込まれてこんなことになってるんだ……」

恨《うら》みを込めて呟いてみるが、言葉が上滑《うわすべ》りしている感は否《いな》めない。

ごろりと寝返《ねがえ》りを打った途端《とたん》、尻《しり》がじんじんと痛んで、佑は泣きたくなった。

だが、実のところここでごろごろして泣いている場合ではない。

今日の三限にある経済学概論《がいろん》を、佑は先週欠席している。理由はもちろん、遠衛を避《さ》けていたためだ。

まだ単位を落とす心配はないが、いつ体調不良などで欠席するかはわからないし、できることなら出ておきたい。

幸いなことに、遠衛はモデルのバイトが入ったとかで、今日は大学を休むと言っていた。佑がこうして無事にアパートに帰ってこられたのも、遠衛が出かけることになったためなのである。

そうでなかったら、今日はどうせ三限が同じなのだからという理由で、帰らせてもらえないところだった。

せっかく一緒に登校できると思っていたのに、と言われたのを思い出した途端、なぜか顔が熱くなり、「いやいや、なんでだよ」とひとしきりベッドの中でじたばたしてしまう。

よくあんなひどいことをした翌朝に、しれっとあんなことが言えるものだと思う。

「本当に二重人格なんじゃないだろうな……」

呟いた途端、再びアラームが鳴り出して、佑は慌《あわ》ててそれを止める。

そして、ようやくのろのろとベッドから這《は》い出したのだった……。

佑が講義室につくと、そこにはすでに響の姿があった。響は二限もあるので、大抵《たいてい》の場合佑より早く来ている。

おかげで後ろのほうの席を取っておいてもらえるのがありがたい。

「おはよ」

「おは……え、た、佑っ?」

顔を上げた響は佑を見て、その大きな目を見開いた。

それもそうだろうな、と思う。

今の佑は、昨日の『首から上だけ別アバター』の状況《じょうきょう》なのである。

というのも、遠衛が佑のメガネまで一緒《いっしょ》に宅配に出してしまったからだ。

届くのは今日の夜ということになっているため、今日は仕方なく遠衛の買ったコンタクトを入れてきた。

佑は正直、遠衛の計画的犯行かと疑ったが、遠衛自身もどうしてメガネまで送ってしまったのかと凹《へこ》んでいたので、わざとではなかったようだ。

「どうしたんだよ、それ……」

「んー、ちょっと……いろいろあって」

何から説明すればいいのかと迷いつつ、とりあえず響の隣《となり》に座る。

「おかしいかな？」

「おかしくはないけど……つか、似合うけど」

そう言いながらも響は複雑そうな表情になる。

「どういう心境の変化だよ？　俺が髪《かみ》とか染めてみればって言ったときは、そんなんいいって言ってたのに」

「今だって別に、いいと思ってるけど、そのなんていうか――やむにやまれず？」

「バッグも違《ちが》うし」

「え、ああ。これはその、俺のじゃなくて借り物だから」

実を言うとこれは遠衛のバッグだった。

メガネを送ってしまったという話をしたときに、同じく送ってしまったリュックしかバッグがないことに気付いて文句を言ったところ、これを使えと貸してくれたのである。

正確に言えば、遠衛はくれると言ったのだが、佑が固辞したのだ。

「――遠衛となんかあったのか？」

響はしばらくじろじろと佑を見たあと、ものすごく嫌《いや》そうな顔でそう言った。

「えっ、なんでっ？」

いきなり言い当てた響に、佑は驚《おどろ》いて目を瞠《みは》る。

「お前の周りで、そんなバッグ貸してくれて、無理やりそういうことさせそうなのって、遠衛しかいないだろ」

「あー……それもそうか」

響のため息混じりの返答に、遠衛はなるほどと頷《うなず》いた。

ブルーレイに釣《つ》られて遠衛に一日付き合うことになったなどと言ったら、いつも遠衛なら庇ってくれていた響に申し訳がない——ありていにいえば怒《おこ》られそう——と思ったのだが、遠衛が犯人だと知られた以上もう話してしまっても同じかと腹をくくる。

ところが。

「あれぇ？」

突然《とつぜん》、間近でそんな声が聞こえて、佑と響はそろって声のしたほうへと視線を向ける。

すると、そこにいたのはどこかで見たような、派手な身なりの女子学生だった。

「昨日アスマと一緒にいた子だよね？」

「あっ」

そう言われて佑も思い出す。

昨日自分に声をかけてきた少女が、こんな顔をしていた気がする。

「え、でも、あれ？　髪型《かみがた》……」

昨日は金に近いような色のボブだったはずの髪が、今日はもっと長い栗色《くりいろ》の髪に変わっている。

「え？　あ、これウイッグだから。っていうか、昨日のもだけど」

くすくすと笑われて、佑はパチリと瞬《またた》いた。佑の中には、ウイッグといえば、髪の少なくなった男性がするもの、という以外の知識はほとんどないが、どうやらそういうものとは違うらしいと思う。

「今日アスマは？」

「えっ、あ、バイトだって……」

「そっかぁ」

そう言いつつ、通路を挟《はさ》んだ隣の椅子《いす》に座った。

それから、もう一度佑を見て首を傾《かし》げる。

「あれ⁉　その服装……ひょっとして、いつもアスマの隣に座ってたオタクのこ？」

オタクのこ、という言い方はどうだろうかと思いつつ、佑はこくりと頷いた。

「えー、うっそ！　信じられない。マジで？」

途端、相手はそう叫《さけ》んで、それからおかしくて仕方がないというように笑い出す。

「……あーもう、全然違うし、気付かなかった。やばすぎて睫《まつげ》ハゲそう」

ひとしきり笑ったあと、彼女は涙《なみだ》を拭《ふ》きつつ改めて佑を見た。

「わたし、優奈《ゆうな》っていうんだ」

「あ、藤倉……藤倉佑」

佑がそう言うと、優奈はにっこり笑って「今度一緒に服買いにいこーよ。わたし選んであげる」と言った。

「は？」

「こいつの服は俺が選ぶから結構です」

何を言われたのか一瞬《いっしゅん》理解できなかった佑の代わりに、響が口を挟む。それに対しても、佑は「え？」としか返せない。

それくらい意外な言葉だった。まさか、自分が三次元の少女に買い物に誘《さそ》われることがあるなんて、考えてもみない事態である。

「じゃ、三人でいけばいいじゃん」

優奈がそう言ったときだった。

「なんだよ、宗旨替《しゅうしがえ》えか？」

今度は聞きなれた声が聞こえて、佑も優奈も、そして響も声のしたほうを見上げる。

「あっ、アスマ！」

優奈がうれしそうに名前を呼んだ。

「おま……バイトだったんじゃ…」

今日は会うことはないと油断しきっていた佑が、かすれた声で尋《たず》ねる。

「んー、早く終わったから、出れるときに出とこうと思って」

遠衛はなんでもないようにそう言って、優奈の隣に座った。

「え……」

「ん？　どうした？」

てっきり、自分の隣に座ると思っていた佑は、慌《あわ》てて頭《かぶり》を振《ふ》る。

「な、なんでもない」

その後すぐ講義が始まったが、そのあともしばらく佑の心臓はどきどきと早鐘《はやがね》を打っていた。

遠衛が自分ではなく、優奈の隣に座ったこと。

――そのことがなぜか佑には、会わなくて済むと思っていた遠衛が現れたことよりもずっと衝撃《しょうげき》的だった……。


それから十日ほど経《た》った日のことだ。

学祭を一週間後に控《ひか》えて、学内はざわめきを増していた。

サークルに所属している学生が多く集まる学食内では、それはより顕著《けんちょ》であり、最初の予定よりも規模の大きくなった企画《きかく》を抱《かか》えたアニ研もやはりいつも以上に賑々《にぎにぎ》しい。

けれど佑はそんな空気とは逆に、ここのとこ少しぼんやりしがちだった。

だからだろう。最初響が言ったことが、全く理解できなかった。

「え？　なんだって？」

「だから、ネットの掲示板《けいじばん》とかSNSとかでさ、噂《うわさ》になってるんだって。モデルのアスマが実はアニオタだって」

もう一度言われて、ようやく内容が頭に入ってくる。

「アニオタって……」

けれど、理解できないという意味では大差なかった。遠衛がアニオタだなんて、根も葉もないにもほどがある。

「そんなの誰《だれ》も信じないだろ？」

「信じてるやつがいるかは別として、広がってるのは確かなんだって。こういうのって信憑性《しんぴょうせい》とかよりも、話題性みたいなとこあるから」

「あ、それ俺も見たよ」

そう言ったのは、同じテーブルで食事をしていた二年の笹原《ささはら》だった。もちろんアニ研の一員である。

「ソースもないのにっていうファンが騒《さわ》いだりして、逆に盛り上がってばーって広まったみたいだな。ファンVS．アンチみたいな？」

すると、笹原と話していた篠田《しのだ》も、そう言えば見たな、などと言い出した。どうやら本当に広がっているらしい。

聞いてみると、ネットでその噂が広まり始めたのは、つい最近……ここ一、二週間ほどの話なのだという。

おそらく出所は掲示板のほうで、そのあと掲示板を見た人間がSNSに持ち込んだのではないかという話だった。

「まぁ、本人がなんか痛いことしたってわけじゃないから、叩《たた》かれたりとかはないみたいだけど、むしろファンとアンチのやり取りが痛いって」

「そうそう。それにうちの大学のやつも結構書いてるよな」

笹原の言葉に篠田が頷く。

「アニ研のことも言ってるやついてさぁ。あの人よくここで飯食ってたせいだと思うけど」

「アニ研にも顔出してるし、結構真実味ある話だと思う、みたいな書き方でしたよね、俺も見ました」

三人の言葉に、佑は徐々《じょじょ》に血の気が引いていくような心地《ここち》になった。

——つまりそれは、自分のせいということではないだろうか？

いや、もちろん佑がアニ研のテーブルや部室に誘ったわけではない。むしろ無理やり押しかけられていたのだが、それでも佑がいたからこそ顔を出していたことは間違《まちが》いないだろう。ひょっとしたら、一緒《いっしょ》にアニメの映画を見たり、アニメショップに行ったりしたことも関係しているかもしれない。

時期的にもぴったりだし、それを見ていた人間がいて、いたずら半分で掲示板に書き込んだ可能性は十分にある気がする。

――ひょっとすると、ここのところ、遠衛の行動が変化したのはそのせいなのだろうか？

実を言えばここ最近……いや、あの遠衛が優奈の隣《となり》に座った日から、遠衛はほとんど佑に近付いてこなくなっていた。

講義中も、昼休みも。

とはいえもともと遠衛はバイトの関係で大学を休むことも多く、取っているはずの講義で見かけないことは今までも何度かあった。

そのため佑は最初、遠衛が大学にいるにもかかわらず、自分の前に現れなくなっていたことに気付かなかったのである。

当の優奈に「最近アスマと一緒にいないね」と言われて、初めて気付いたくらいだった。

だが、優奈に訊《き》いたところ、別に優奈や別の少女と付き合い出したというわけでもないらしい。

実際講義室やバス停、学食などで遠衛を見かけるときも、特定の相手と一緒にいるわけではなく、そのときどきに声をかけてきた相手と行動しているだけのように見えた。

どうしてそうなったのかも、何がきっかけだったのかも、今までは全くわからなかったけれど、もしかしたらそんな噂が立っていることを知って、もみ消すために自分やアニ研を避《さ》けているのだろうか？

遠衛自身は、アニオタだと思われても気にしないと言っていたけれど、事務所のほうがどう考えているかはわからないし、何か注意されたのかもしれない。

いや、けれどそれにしてはタイミングがおかしい気も……？

佑が一人でぐるぐると考え込んでいると、隣の席に学食のトレイが置かれた。

一瞬遠衛かと思って佑は、ハッとして顔を上げたのだが……。

「それ本当なのか？」

「……深山さん」

そこにいたのは深山だった。

「今から飯ですか？」

「うん。ちょっとゼミのあと教授と話してたら遅《おそ》くなっちゃってさ。——まぁそれはいいんだけど、今の話って？」

椅子《いす》にかけつつ、深山が三人に尋ねる。

三人は顔を見合わせると、こっくりと頷《うなず》いた。

「本当ですよ。いや、あの人がオタクかどうかって言うんじゃなくて、そういう噂がネットで広がってるのがって意味ですけど」

「そうなのか……」

篠田の言葉に、深山が深刻な表情になる。

「――ひょっとして、司会を頼《たの》んだせいだと思ってるんですか？」

「え？」

佑は笹原の言葉に首を傾《かし》げたが、他《ほか》の三人はすぐにピンと来たらしい。

「実は俺もそれ、考えた」

「なくはないですよね」

「いや。けど、まだアニ研のメンバー以外は知らないことだし……」

その深山の言葉に、佑もようやく笹原の言った意味を理解する。

つまり、学祭で遠衛が水沢まなかのトークショーの司会をするのを、面白《おもしろ》くないと思っている人物が、遠衛はオタクだという噂をばら撒《ま》いた可能性がある、ということだろう。

たった今自分のせいだろうかと考えていたこともあって、佑には別の考えが浮《う》かばなかったが、ありえないとは言い切れないのかもしれない。

「僕は違《ちが》うと思いたいけど……」

深山はそう言って言葉を濁《にご》したが、『思いたい』という口ぶりからして、やはりその可能性を視野に入れていたのは間違いなさそうだ。

確かに、これが原因で遠衛がトークショーの司会を断ってくる可能性もないとは言えない。今はまだよくても、もし噂がもっと広がって、モデルのバイトに支障が出るようなことになれば……。

しかし深山の言葉通り、今のところ遠衛が司会をすることはサークル内のみの情報だ。もしもこれが真実なら、犯人はアニ研のメンバーということになる。

もちろん、メンバーが友人などに話していることは大いにありえるので、一概《いちがい》には言えないが、なんにせよ気分のいい話ではない。

「あの、遠衛はなんか言ってきてるんですか？」

「いや、今のところ別に何も。でも、僕も全然知らなかったし、まだ知らないだけかもしれないな」

「そう……ですよね」

確かに、今回の話は佑も知らなかった。ネットのコミュニティは、広いようで狭《せま》い。使っている人間ならば全員が共有しているような情報でも、掲示板もＳＮＳも覗《のぞ》かない人間ならば気付かないことはままある。

佑はあまり交流を求めるタイプのオタクではないので、インターネットといえばゲームの攻《こう》略《りゃく》か、動画を見るときくらいしか使わない。

ＳＮＳについては勧《すす》められていくつか登録しているが、それもほとんどログインしていなかった。携帯の無料ゲームのほうが、まだログイン率が高いくらいだ。

遠衛がＰＣに詳《くわ》しいという話は聞かないし、知らない可能性はある。

けれど……――もしもそうならば、ここ最近の遠衛の態度は、この件とは無関係なのだろうか？

わからない。

「……あの、遠衛が知ってるか知らないかはわかんないですけど、俺も言い出したのはアニ研のメンバーじゃないと思います。アニ研の人間なら、遠衛が司会を断ったら水沢まなか自身が企《き》画《かく》を断ってくる可能性があるってことも、わかってるわけだし」

「あ、そうか。うん、そうだよね」

佑の意見に、深山は何度も頷いた。

少しだけ明るい表情になった深山にほっとしつつ、佑の内心は複雑だった。

アニ研のメンバーに、噂《うわさ》をばら撒いた犯人がいるとは思いたくない。

けれど、噂がまなかのトークショーと関係ないところで発生したなら、原因は自分である可能性が高くなる。

どちらにしろ、気の重い話だった。

「佑？　そろそろ移動しないと間に合わないけど……」

「あ、ごめん」

ため息をついていた佑は、握《にぎ》ったまま動かしていなかった箸《はし》を置く。食欲《しょくよく》はすっかりなくなっていた。


「あ、佑だ〜」

講義室に入った佑は、席に着いていた優奈がひらひらと手を振《ふ》っているのに気付いて、軽く手を上げた。

どうやら遠衛はまだ来ていないらしい。友達らしい女子学生と一緒だった。

さっきあんな話を聞いたばかりなので、遠衛がいなかったことに少しほっとする。

「倫理《りんり》取ってるんだっけ？」

「うん」

「……先に席取ってるから」

響は立ち止まった佑にそう言って、優奈の座っている席からは少し離《はな》れた、壁際《かべぎわ》の席へと歩いて行った。

出会いからそうだが、響は優奈のことが苦手なようだ。いや、三次元女子というカテゴリ自体が苦手なだけかもしれないが。

「えー、こっちに座ればいーのに」

逆に、優奈のほうは響のことが嫌《きら》いではないらしく、頑《かたく》なな態度の響に対して、不思議そうにそう言った。

「まぁいいけど。――――あ、やっぱりそのシャツかわいーね」

「え？」

やっぱり？　と首を傾げたが、言われてみれば、確かに今日着ているのは遠衛にもらったあのシャツである。

優奈が覚えていたことには驚《おどろ》いたものの、自分のクローゼットの中ではこのシャツだけが異質なので、わかりやすいのかもしれない。

「いつもそういうの着てればいーのに。メガネも、またコンタクトにするか、もっとかわいいフレームにするとかしてさ」

そう言った優奈に苦笑《くしょう》しつつ、遠衛の噂のことを訊いてみようかと思ってやめた。

もしも知っていたとしても、優奈は佑を気遣《きづか》って知らないと言いそうな気がする。ノリも口調も軽いが優奈がやさしい女の子であることに、佑はもう気付いていた。

きっと、遠衛も気付いているだろう。

付き合ってはいないと言っていたけれど、最近遠衛と一緒《いっしょ》にいることが最も多いのは優奈な気がするし、時間の問題なのかもしれない。

そう考えた途端《とたん》になぜか胸がざわめいた。前に、まなかと遠衛が一緒にいるときも似たような気持ちになったが、やはりこれも遠衛に優奈はもったいないと思っているからだろう。

そんなことを思いつつ、遠衛は響の取ってくれていた席へと向かった。

「ごめん、ありがとな」

「いいけどさ」

響はそう言ってため息をつくと、じっと佑を見つめる。

「――最近、佑変わったよな」

「は？　何言ってんだよ」

冗談《じょうだん》だと思って佑は噴《ふ》き出したが、響のほうはそうではなかったらしい。真剣《しんけん》な顔を見て少し気まずい気持ちになった。

「まぁ……多分、髪型《かみがた》のせいじゃないか？」

一番変わったところといえばそれだろう。

服は、今日はたまたま遠衛にもらったものを着ているが、普段《ふだん》はいつも通りだし、メガネもしている。

文字通り頭の天辺《てっぺん》から足のつま先まで劇的大改造、ビフォーアフターした自分を見てしまった佑からすると、このメガネがある限りは大して変わった気がしないというのが本音だった。

けれど、響の考えは違ったらしい。

「髪型もだけど、服も前とはちょっと違う。いや、着てるのは一緒なんだけど、組み合わせとかちゃんとしてる感じするし。第一、前の佑だったら、あんな女に話しかけられて普通《ふつう》に話したりとか、しなかっただろ？」

「うーん、そうかも知んないけど……。前は話しかけられること自体がなかったから比べようがないって言うか」

優奈のことをあんな女、と言ったのは少し気になったが、たしなめるのは逆効果だろう。

佑はそれだけ言って、響から視線を逸《そ》らすとリュックからテキストやルーズリーフなどを取り出した。

この話はここまでだと、暗に示したつもりだったのだが……。

「やっぱり、遠衛のせいなのか？」

そう言われて、ぎくりとした。

けれど、何かを言う前に教授が講義室に入ってきて、会話はそこで一旦《いったん》打ち切りになった。

佑はテキストを開き、講義を始めた教授へと視線を向ける。

確かに、この髪型も、優奈に話しかけられるようになったのも、すべて遠衛のせいであることは間違《まちが》いがない。

それに……実を言えば、あれ以来自分は少し変わったという自覚がある。

服を買い足したわけではないが、とりあえず洗濯《せんたく》した服を上から順番に着るようなことはなくなり、わずかだが身なりに気を使うようになった。

それもやはり、遠衛と一緒に出かけたことが影響《えいきょう》している。

けれど、それを誰《だれ》かに対して認めることがまだ佑にはできなかった。

――いや、わからない。

相手が遠衛なら……ひょっとしたら、お前のおかげだと言えたかも知れない。

そう思ってから、そんなわけがないかと苦笑した。

きっと自分は誰よりも、遠衛に向かってだけは素直《すなお》に礼など言えない気がする。それに、もうそんな機会はないような気がした。

「けど遠衛といえばさ」

響が周囲に聞こえないような小声で、呟《つぶや》くように言う。

「ん?」

「最近、こっちにこなくなったよな」

「………うん」

やはり、響も気付いていたのか、と思う。

まぁ、今まで散々角を突《つ》き合わせていた相手なのだから、当然かもしれない。

「やっぱ、アニオタだっていう噂《うわさ》がまずかったのかもな。まぁ、佑をからかうのをやめてくれたんなら、それでいいけどさ」

その響の言葉に、佑ははっとなった。

『からかうのをやめてくれたんなら、それでいいけどさ』

——ああ、そうだった。

別に遠衛が自分につきまとわなくなった理由なんて、考えるまでもない。

もともと、つきまとってきたことのほうが不自然だったのだ。

自分だってずっと、似たようなことを考えていたのに。子どもの頃《ころ》のことを恨《うら》んでいて利用しているとか、陥《おとしい》れようとしているとか……。

遠衛は否定していたけれど、今思えばやっぱり間違っていなかったのではないだろうか？面と向かってハイそうですと認めるようなタイプではないし、否定した挙句にされたことを思えば……。

ずきりと胸が痛んで、佑はそんな自分の反応に目を瞠《みは》った。

どうして、胸が痛むのだろう？

ショックを受ける必要などないはずだった。

響の言う通り、もうからかわれないなら——近付いてこないのならそのほうがいい。

ずっと、そう望んでいたのに。

そうして不意に思い出した。

自分が、どうすれば遠衛が自分を好きじゃなくなるのか、と訊《き》いたことがあったことを……。

「――ごめん、響」

佑は出したばかりのテキストなどをもう一度リュックの中にしまった。

「佑？　どうした……」

「やっぱり体調がよくないから、早退する」

それだけ言って、佑はそっと席を離れる。教授が後ろを向いているときを狙《ねら》うような余裕《よゆう》すらなかった。

両開きのドアを開けてホールを抜《ぬ》け、校舎を出る。

足早にバス停に向かいながら、メガネをかけていてよかったと思う。

けれど、やっぱり前髪《まえがみ》は切るべきじゃなかったとも。

幸い、授業が開始していたこともあってバスは空いていた。一人がけの座席に座ると、程《ほど》なくバスは走り出す。

「っ……」

ついにこぼれてしまった涙《なみだ》を一度だけ拭《ぬぐ》い、あとはリュックを腹の上に抱《かか》えてずっと俯《うつむ》いていた。

ぽたりぽたりと、涙が顎《あご》を伝い落ちる。

わかってしまった。

どうして胸が痛むのかも。

あの日、遠衛が優奈の隣《となり》に座ったときにショックを受けたわけも。

『どうすれば好きじゃなくなるんだ？』

そう訊いた自分に、遠衛が言った言葉を思い出したから。

——佑が俺のことを大好きになって、なんでも従順に言うこと聞くようになったら飽《あ》きて好きじゃなくなるかもしれないな。

大好きになったつもりも、言うことを聞くようにしたつもりもなかった。

遠衛が自分に飽きたのか、好きじゃなくなったのか——そもそも最初から好きでもなんでもなかったのかもわからない。

けれど、『好き』という感情を意識した途端、自分の中に確かにそれが存在していることに気付いてしまった。

いつからそうだったのだろう？

どうして好きになってしまったのだろう？

遠衛はそれに気付いていたのだろうか？

気付いたから、飽きて離《はな》れて行ったのか？

それともやはり、あんな噂が立ったのが原因で……？

ぐるぐると、さまざまな問いが頭の中を駆《か》け巡《めぐ》り、けれど何一つ答えは出ない。

わかっていることはただ、自分が遠衛を好きになってしまったということ。

それだけだった……。


「アンケート用紙って机に並べるんだよな？　もう並べていいの？」

「まだ並べてなかったのか？　時間ないから急げよ！　おい、誰か手伝ってやって」

「列ちょー延びてるけど四列とかにしたほうがいいんじゃね？」

「今からそんなことしたら混乱するだろ」

「Tシャツの予備ってまだあったっけ？」

「あ、Mなら部室にあったはずだけど」

喧々囂々《けんけんごうごう》、トークショーの開演を控《ひか》えて、アニ研は混乱の直中《ただなか》にあった。

開場の十六時まではあと十五分。開演は十六時半の予定だ。

「すみません、深山さんは？」

外の列整理をしていた佑は、チケットを紛失《ふんしつ》してしまったという客の対応について確認しようと、深山を探してあちこちに顔を出していた。何度か携帯《けいたい》に電話したのだが、繋《つな》がらなかったのである。

「深山？　あーっと確かさっき体調崩《くず》した客がいて、保健室付き添《そ》ってくるって」

「保健室、今行ってきたんですけど、いなくって」

「じゃあ部室は？　行ってみた？」

「あーまだです。……行ってみます！」

「あ、だったらTシャツも持って来て！」

「――――わかりました！」

奥から飛んできた声にそう返事をして、佑は踵《きびす》を返した。

「部室か……」

部室はまなかと遠衛が控え室として使っているため、足を運びづらくて後回しにしてしまっていたのである。

まなかのことは嫌《きら》いではないが、まなかも遠衛のことが好きなのかと思うと、二人が一緒《いっしょ》にいるところはできるだけ見たくないと思ってしまう。

それに、遠衛への気持ちを自覚してから、この約一週間。佑は遠衛とほとんど顔を合わせていなかった。

週の前半で遠衛とかぶっている講義は火曜日の生命科学と、水曜日の心理学概論《がいろん》だけだったし、木曜と金曜の二日間は学祭準備期間として、全講義が休講となる。

遠衛は司会進行についての打ち合わせで深山とは連絡《れんらく》を取り合っていたようだが、実際に部室に足を運ぶことはなかった。

お互《たが》いに避《さ》けているのだから、顔を合わせないでいることなど簡単なことである。

アニ研の部室の前までくると、中からまなかの声が聞こえた。

ぼそぼそと相槌《あいづち》を打つ声も微《かす》かにするが、それが誰《だれ》のものかまではわからない。

佑は諦《あきら》めて部室のドアをノックした。

「はい？　あれ？　もう時間ですか？」

ドアを開けると中にいたのは、まなかと遠衛、そしてまなかのマネージャーらしき三十代半ばに見える女性だけで、深山の姿はない。

佑は遠衛の姿に、心臓がどきどきと騒《さわ》ぎ立てるのを感じた。

けれど、できる限りなんでもない顔を取り繕《つくろ》い、中に入る。深山はいなかったが、Tシャツを持って行かなければならない。

「いえ、違《ちが》います。すみません、ちょっとものを取りにきただけなので……。まだ大丈夫《だいじょうぶ》ですからゆっくりしててください」

「ありがとうございます。お疲《つか》れさまです」

まなかの笑顔《えがお》にぺこりとお辞儀《じぎ》をして、Tシャツの入った段ボールを探す。

幸い、それはすぐに見つかった。

中に入っていたのは五枚ほどだったが、そう言えば必要な枚数を確認してこなかったなと思う。

一枚でいいのかもしれないが、足りないということになってもう一度来るのはごめんだったので、念のため五枚とも持って行くことにした。

「失礼しました」

Tシャツを片腕《かたうで》に抱えて、佑は部室を出る。

一度も遠衛の顔を見ることはできなかった。だから、遠衛が自分を見ていたのか、それとも佑がそうしたように、視界に入れないようにしていたかはわからない。

それでも、佑は痛いほどに遠衛の存在を意識していた。

遠衛がもう、自分になんの興味もなくとも、自分は遠衛のものなのだと――そんな風に思ってしまうくらいに……。

ドアを閉めるとき「これが終わったら、学祭の案内してもらえませんか？」というまなかの声がした。

遠衛の返答は聞こえなかった。

トークショーは開演時間が五分ほど押した以外、何事もなく無事に終了《しゅうりょう》した。

学祭は明日《あした》もあり、講義室は別のサークルが使用することになっていたため、そのまま部員全員で片付けることとなる。

といっても、音響《おんきょう》設備等は明日も使うと聞いていたし、そこまで大変ではなかった。

けれど……。

部室へと荷物を運んできた佑は、パイプ椅子《いす》に座ったきり、ぐったりと動けなくなってしまった。

今自分の運んできた荷物で大方は終わり。このあとは打ち上げの予定だった。もちろん、佑も参加することになっている。

だが、こうして数時間ぶりに静かな場所で一人になってみると、自分がひどく疲れていることがわかった。

長机に頬《ほお》をくっつけて、ぼんやりと窓の外を見る。

擦《す》りガラスの窓。六時半を回って空はすっかり暗くなっている。けれど、構内はまだ人が多く、サークル棟《とう》の中もいつになくざわついていた。

明日が本番のサークルが、泊《と》まり込みで準備をするせいもあるのだろう。

祭り特有の空気が、大学をぎゅっと覆《おお》っているようだった。

今の自分には、それがきっと疲れてしまうのだろう。

そこには仲間と一緒に一つのことをやり遂《と》げた充実感《じゅうじつかん》はなく、できることならこのままアパートに帰って、ベッドに入りたいとさえ思う。

早く、一人になりたかった。

一人になって、今日が終わるまで眠《ねむ》っていたい。

——今頃《いまごろ》、遠衛はまなかと一緒に学祭を見て回っているのだろうか？

ぼんやりと、そんなことを思ったときだった。

「佑？　いるのか？」

そんな声とともにドアが開いて、佑は机からようやく顔を上げる。

響だった。

「お前何やってんだよ？　皆《みな》待ってるぞ？」

「あ、ごめん。携帯《けいたい》鳴らしてくれたらよかったのに」

そう言いながらも、まるで根が生えたように動く気になれない。

「電源切れてた」

「え、マジで？」

ポケットから出すと、確かに電源が切れていた。

電源ボタンを押してみるものの、ついたと思ったらすぐにまた落ちてしまう。

どうやら電池切れのようだ。

「マジごめん……なんか、疲れちゃってさ——って、それは響も同じだよな」

せっかくのハレの日に祭りの空気に疲れる、などというのも気が引けて、佑はそう言って申し訳なさそうに眉《まゆ》を下げる。

響はそんな佑を見て、一つため息をついた。

そしておもむろに携帯を取り出す。

「あ、深山さんですか？　はい、見つかりました。あ、でもちょっと体調悪いみたいなんで、先始めててもらっていいですか？　行けそうならあとから行くんで。はい、はい、すみません」

響は携帯を切ると、佑の隣《となり》の椅子に腰掛《こしか》けた。

「……ごめん」

「そんなに疲れてんなら、無理すんなって」

そう言って響が苦笑《くしょう》する。

けれど、すぐにその表情は真剣《しんけん》な——思いつめたものに変わる。

「あのさ……今日、深山さんに聞いたんだけど」

「………」

「お前、遠衛に司会の件オッケーさせるために、ブルーレイと引き換《か》えに、遠衛の言うことを聞くって約束したんだって？」

「した……けど」

頷《うなず》いたものの、佑としてはどうして今頃そんな話を？　という気分だった。

なんだか、もう随分《ずいぶん》前の話のような気がする。

だが、よく考えればあれからまだ三週間も経《た》っていないのである。不思議な気がした。

「そんな約束して、大丈夫だったのか？」

心配そうに言われて、佑は言葉に詰《つ》まる。

正直な話、全くもって大丈夫ではなかった。

おそらくあの約束さえなければ、自分が遠衛を好きになることもなかっただろう。

遠衛がオタクだという噂《うわさ》も、ひょっとしたら立たなかったかもしれない。けれど……。

「大丈夫じゃ……なかったけど、これでよかったんだと思う」

いや、本当は『よかった』だなんてとても思えない。

遠衛の噂については、もしこの一件のせいなら悪かったと思う。

けれど、遠衛を好きにならずにいればよかったとは、どうしても思えなかった。だから、仕方がないのだと思う。

「どういう意味だよ？」

響が怪訝《けげん》な顔をしたけれど、佑は何も言えず苦笑する。

自分でもよくわからないのに、うまく説明できるはずもない。しかし、響は何か思うところがあったらしい。

「――ここんとこ、佑がずっと様子がおかしいのって、それと関係あるのか？」

ますます険しい顔でそう言われて、どう答えるべきか迷った。

「俺、おかしかった？」

「ごまかすなよ。ずっと元気なかっただろ？　今だって……」

辛《つら》そうな顔で言われて佑は、響が本当にずっと自分を心配してくれていたのだと気付く。

それでも自分の想《おも》いについて、響に告げることはできないけれど……。

せめて、お礼を言おうと佑が口を開きかけたときだ。

「せっかく遠衛が近付いてこないようにしたのに……」

「…………え」

最初は、響の言った言葉の意味がわからなかった。

「……それ、どういう…」

それから、じわじわと理解するにしたがって、佑の目が見開かれる。

「まさか、遠衛がアニオタだって噂……響が……？」

佑の問いに、響がこくりと頷いた。

「な、なんで、そんなこと……」

俄《にわか》には信じがたい話だ。

だって、まさか響がそんなことをするなんて……。

「そうすれば、遠衛が佑に近付かなくなると思ったからだよ」

当然のことのようにそう言って、響はじっと佑を見つめる。

「佑のためだったんだ」

不意に今目の前にいる響が、自分の知らない人間になってしまったような気がして背筋がぞっとする。

「俺の…ためって……」

「お前、ずっと迷惑《めいわく》がってたじゃんか」

「それは、そうだけど……やりすぎだろ？」

だからといって、そんな手段をとって欲しいとは思っていなかった。

「なんでそんなに否定するんだよ？」

「なんでって……」

そんな、社会的な部分まで傷つけるような方法はさすがに問題があるだろう。

遠衛を好きになる前だって、きっと同じように思ったはずだ。

けれど。

「――ひょっとして……佑も遠衛が好きなのか？」

信じられないという口調でそう言われて、咄嗟《とっさ》に否定できなかった。

「まさか、本当に……？」

「…………」

「なんだよ、それ……」

響は呆然《ぼうぜん》とした口調でそういうと、ゆっくりと頭《かぶり》を振《ふ》る。

「意味がわからない。なんでそうなるわけ？」

「…………ごめん」

さすがに自分の態度にも問題があったと思い、佑はそう口にした。今まで響にはずっと、庇《かば》ってもらっていたのに、裏切るような形になってしまったと申し訳なく思う。

だが、結果としてはそれがよくなかったのかもしれない。

「ふざけんなよ……っ、なんのために俺が…っ」

「っ……！」

ガシャン！　と音を立てて、響の座っていたパイプ椅子《いす》が倒《たお》れた。

勢いよく立ち上がった響が、痛いくらいの力で佑の肩《かた》を摑む。佑の座っているパイプ椅子がギシリといやな音を立てた。

「許さない」

「いた……響、痛い…っ」

「佑のことは、俺がずっと好きだったのに。俺がずっと守ってたのに。俺がずっと……」

噛《か》み付くような勢いでキスされて、咄嗟に逃《のが》れようと身を捩《よじ》る。バランスを崩《くず》した椅子が倒れ、二人はそのまま折り重なるように床《ゆか》に叩《たた》きつけられた。

「う……」

下になった佑は後頭部をぶつけたせいで、すぐには動けなかった。それをいいことに、響が再び佑の唇《くちびる》を吸い上げる。

「や……っ」

「佑……佑…」

響がキスの合間に、うっとりした声で佑の名前を呼ぶ。

拒《こば》まなければと思うのに、うまく体が動かなかった。

ゆっくりと、響の手が佑の体を撫《な》でる。まるで佑の形を確かめているかのようだった。

——気持ちが悪い。

響のことは嫌《きら》いではなかったけれど、そういう対象としてみたことは一度もないせいだろうか？　遠衛に触《さわ》られたときは、自分でも信じられないほど、気持ちがよかったのに……。

「や…めろ…っ、響……！　頼《たの》むからやめて……」

佑は必死で抵抗《ていこう》しようとするが、ようやく持ち上げた手は響にあっさり摑まれてしまった。

「こんな抵抗じゃ、逆に煽《あお》られるだけだって」

そう言って笑うと、布のようなものでテーブルの足に佑の腕《うで》を縛《しば》りつける。

「な、何して……」

「俺もそう力があるほうじゃないし、佑の意識がはっきりする前に、多少の小細工は必要だろ？」

響は縛っていないほうの手を真上から押さえつけたまま、空いた手で佑のＴシャツの裾《すそ》を捲《まく》り上げた。

「あれ？――なんか乳首《ちくび》赤いけど……自分で弄ってる？　それとも」

「ひっ」

突然《とつぜん》ぴん、と指先で強く弾《はじ》かれて、佑はかすれた悲鳴を上げる。

「遠衛に開発された？」

「ち、が……っ」

「じゃあなんでこんなえろい乳首になってんだよ？　男の乳首じゃねーだろ」

「やっ、あっ、痛……ぁっ」

「この分じゃ下がどうなってるか心配だな……」

与《あた》えられる痛みにびくびくと震《ふる》えていた佑は、その言葉にハッとなった。

「や、やめろ……っ」

カチャカチャと、音を立ててベルトが外される。

佑はようやく動くようになってきた体を捩り、足を振り上げるようにして必死で抵抗した。腕を縛られた机や、倒れたまま近くにあった椅子ががたがたと音を立てる。

「なんだよ、急に……」

激しくなった抵抗に、響は苛《いら》ついたように舌打ちする。

「だ、だめなんだって……！」

もちろん、今迄《まで》だってだめだったが、ここから先は本当にどうしても見られるわけにはいかないと思う。

「もう、やめろ…っ、い、今なら許すから……！」

「なんだよそれ。俺は別に、許してもらわなくてもいいし」

「まぁ、俺は許す気ないしな」

突然そんな声が聞こえて、佑は驚《おどろ》いて声のしたほうを見た。響も同じように振り返る。

いつの間にかドアが開いていた。

おそらく、佑が暴れる音で開閉音が聞こえなかったのだろう。

そこに立っていたのは遠衛だった。

「お前……なんで」

「なんでって、アニ研の打ち上げに交ざろうと思ったら、佑がいなかったから？」

軽い口調でそう言いつつ、遠衛がドアを閉める。

そして、なんの前触《まえぶ》れもなく、佑の上に乗っかっていた響を蹴《け》り飛ばした。


「俺以外の男に縛られるとか、これはまたお仕置きだな」

「…………」

ここ数週間の断絶が嘘《うそ》だったかのように、いつも通りの口調で遠衛が言う。

佑はずっと、手を見つめていた。

腕を引かれるでも、手首を掴まれるでもなく、ぎゅっと握《にぎ》られた手を。

「まなか……」

「うん？」

「まなかと学祭見てたんじゃないのか？　誘《さそ》われてただろ？」

「まぁ誘われたけど、そんなの断ったに決まってるだろ」

「決まってるとか、思わないし」

反論しつつ、佑はなんとなく手を振ってみる。

けれど、それは揺《ゆ》れただけで離《はな》れることはなかった。むしろ握る力は強くなった気がする。

「離して欲しい？」

「……そう言うわけじゃないけど、いいのかと思って」

　そろそろ人通りが少なくなってくる時間ではあるが、商店街はまだ明るい。通り過ぎる人が皆《みな》、自分たちを見ているような気がした。

　――あのあと。

　遠衛の蹴りで伸《の》びてしまった響を部室に置いて、二人は一緒《いっしょ》に大学を出た。その間もずっと、佑の手は遠衛の手と繋《つな》がれていたけれど、大学はもう暗いからきっと誰《だれ》も気付かないだろうと思って知らない振りをしていた。

　響に襲《おそ》われた恐怖《きょうふ》がまだ残っていたし、久々に会う遠衛がいつも通り過ぎて、現実感がなかったというのもある。

「別にいいだろ。気にしないって」

「……嘘つけ」

「何が？」

　きょとんとした顔をされて、さすがに少し苛々《いらいら》する。

「オタクだと思われることも、気にしないって言ってたけど、結局気にしてただろ。俺のこと、ずっと避《さ》けてたくせに……」

「は？　なんのことだよ？」

睨《にら》みつけた佑に、遠衛は本当にわからないという顔で首を傾《かし》げた。

——どういうことだ？

佑は思わず立ち止まった。ちょうど商店街を抜《ぬ》けて、住宅街に入った辺り。佑のアパートまではあと三分もかからないくらいの位置だった。

当然、手をつないでいた遠衛も立ち止まる。

佑は遠衛をじっと見つめた。

「……お前、俺と一緒にいたせいでオタクだっていう噂《うわさ》が立ったから、俺を避けてたんじゃないのか？」

「そんなわけがないだろ」

佑の真剣《しんけん》な問いに、遠衛はあっさりと、しかも呆《あき》れたようにそう言う。

「そんなことで避けてたら、佑のことずっと避けてなきゃいけなくなるし」

「そ、そりゃそうだけど、だって、俺はお前がずっと俺を避けるつもりだと思ってたし……」

ばかにされたような気がして、佑は言い返したが、言っているうちに胸がずきりと痛んでそれ以上は喋《しゃべ》れなくなってしまう。

「俺、信用ないんだな」

遠衛はそう言ってため息をつくと、唐突《とうとつ》に歩き出した。

手を引かれる形で、佑もそれに続く。だが、なぜか遠衛は佑のアパートの手前で道を曲がった。

「遠衛、そっちじゃない」

「いいんだよ」

暗いから間違《まちが》えたのかと思ったが、そうではないらしい。

「前に来たとき、この辺に使えそうな公園があったから」

「公園？」

そこで話そうということかと、佑は納得《なっとく》する。

佑自身は引きこもりに近い生態なので、公園があることすら知らなかったのだが、遠衛が連れてきたそこは、住宅街によくある小規模な公園だった。

街灯が少ないが、それもおそらく周囲の民家に配慮《はいりょ》してのことなのだろう。

遊具は少ないがぐるりと桜の木が植えられており、つつじやアジサイの植え込みがある。花の季節にはきっと人が集まるに違《ちが》いない。

そんなことを思いつつ、促《うなが》されるままに佑は街灯の明かりからは遠いベンチに腰掛《こしか》けた。

「それで、俺が佑を避けてた理由、だっけ？」

「う、うん」

暗いのでよくわからないが、遠衛の雰囲気《ふんいき》が変わった気がして、佑はわずかに背中を震わせた。しかし、遠衛はそんな佑に気付かなかったのか、いつもの口調で話し始める。

「まず、俺があんまり大学にいなかったのは、最近仕事が忙《いそが》しくなったから。これはそのうちわかることだけど、一回だけって約束でドラマの仕事が入ってさ。それでちょっとばたばたしてた。もう一つは……前に佑とデートしただろ？」

デート、という単語が恥《は》ずかしく、佑は声に出さずに頷《うなず》く。

同時にやっぱりあれがよくなかったんだ、と思ったのだが。

遠衛の口から出たのは、思いもしない理由だった。

「あの日、佑とデートしているところを優奈たちに見られて……」

それ以来、佑自身をいいと言い出す女の子が現れたのが、遠衛には気に入らなかったのだと言う。

優奈を始め、佑自身に声をかける女の子たちの矛先《ほこさき》を逸《そ》らすために、今まで参加していなかったような誘いにも顔を出していたらしい。

「なんだよそれ……」

正直、呆れた。

「だから、避けてたんじゃなくて、向こうに付き合ってただけ。まぁ、途中《とちゅう》から佑が妬《や》いてるのがわかったから、やりすぎたとこもあるけどな」

「…………」

楽しそうに言われて、佑は無言で遠衛を睨みつけた。

自分があんなに悩《なや》んでいたのに、遠衛はそれを見て楽しんでいたなんて、許しがたい話である。

「……俺、帰る」

しかし、そう言って立ち上がった途端《とたん》、繋がれたままだった手を引かれて、またベンチに逆《ぎゃく》戻《もど》りしてしまう。

「帰すはずないだろ。——お仕置きするって言ったの、忘れたのか？」

囁《ささや》くような声で言われて、ぞくりと体が震《ふる》えた……。

「ほら、早くしないと……。誰か来たらどうするんだ？」

ベンチに座ったままの遠衛にそう言われて、佑は泣きそうな顔になる。

佑は片膝《かたひざ》だけをベンチに乗せ、遠衛に覆《おお》いかぶさるような体勢でTシャツを捲《まく》り上げられていた。

自分で近づけろと言われて遠衛に弄ってもらった乳首《ちくび》は、唾液《だえき》に濡《ぬ》れ、真っ赤に充血《じゅうけつ》している。

その上で、遠衛はジーンズを下ろせと言い出したのだ。

「ど、どうしても、しないとだめなのか？」

夜とは言えこんなところで下半身を露出《ろしゅつ》するなんて、考えただけで恥ずかしい。

しかも、遠衛は知らないことだが、佑にはジーンズを脱《ぬ》ぎたくない理由があった。

「どうしても。今しないなら、もう二度としてやらない」

「っ……」

嘘《うそ》だと、思う。

けれど、そう言われたら泣きそうになっていた瞳《ひとみ》から、本当に涙《なみだ》がこぼれた。

「そんなのやだ……」

子どものような声でそう言って、佑は一度ベンチから足を下ろす。

そして、きゅっと唇《くちびる》を噛《か》み、ゆっくりとジーンズを脱いでいく。

「ああ、なるほどね」

くすくすと、遠衛が楽しそうに笑い声を立てた。

「これを隠《かく》したかったのか」

ジーンズの下。

乳首への刺激《しげき》で立ち上がってしまったものが、直接露出している。

佑は下着を着けていなかった。

響にジーンズを下ろされそうになって必死に抵抗《ていこう》したのも、このためだ。

「俺にこれからずっと避けられると思ってたのに、俺のためにノーパンで生活してくれてたなんて、さすがにほだされるなぁ。そんなに俺のこと好きなんだ？」

その言葉に真っ赤になりつつも、佑はこくりと頷いた。

「俺も、好きだよ……」

「ふ……っ、うっ」

遠衛の手が、佑のものに触《ふ》れ、上下に扱《しご》いた。

「ご褒美《ほうび》に、今日は好きなときに好きなだけイッていいってことにしてやるよ」

「あ、あっ、あ……っ」

先端《せんたん》をグリグリと弄られて、佑はあっさりと一度目の絶頂に達してしまう。

「早いな。――ひょっとして、オナニーも我慢《がまん》してた？」

こくりと佑は頷いて、促されるままに遠衛の指についた自分のものを舐《な》める。

「お前が……言ったんだろ……」

勝手に射精してはいけない。

下着を着けてはいけない、という言葉と同じように、遠衛を好きだと自覚した日から、佑はずっと我慢していたのだ。

けれど、実際の話、少しも辛《つら》くはなかった。

遠衛にされる前の佑の性生活も、大して変わりがなかったからだ。

「やばいな……」

遠衛が笑う。

「本当に、かわいい」

言って、ちゅっ、ちゅっと触れるだけのキスをする。

「すぐにでも入れたくなった」

せっかくのシチュエーションなのに。

「もう一度、膝《ひざ》をベンチに乗せて……そう、片方だけ」

佑が言われた通りに膝を乗せる。

「あっ……んんっ」

遠衛の指が、まとめて二本入り込んできた。

そのまま、いつものしつこいくらいの愛撫《あいぶ》とは違う性急な動きで、中を広げる。

違和感《いわかん》と、わずかな痛み。しかし、ぐるりと指でかき混ぜられて、腰《こし》がぞくぞくと震えた。

「は、あ……っ、あっ」

遠衛が早く入れたいと言ってくれたように、佑もまた、早く遠衛のものが欲しいと思う。

そして、指が三本入るようになるとすぐ、遠衛が佑の背後に回った。

ベンチの背もたれに摑まるように言われて、佑は遠衛に向かって腰を突《つ》き出すようなポーズをとらされる。

「もっと、足を広げて……ああ、それでいいよ」

「ん……」

腰をグッと摑まれ、指で広げられた場所に遠衛のものが触れた。

期待にぞくぞくと背中が震えた、瞬間《しゅんかん》。

「あぁ……っ」

「っ……」

隘路《あいろ》を押し開くように、強引《ごういん》に遠衛のものが入り込んでくる。

「あっ、は…っ…はぁっ……んんっ」

そして、最奥まで埋《う》め込まれたと思ったら、すぐにギリギリまで抜《ぬ》き出された。その動きを何度も繰《く》り返されて、そのたびに背中が快感にたわむ。

その上、先端の膨《ふく》らんでいるところがわかるくらいギリギリまで抜かれると、佑はそれを逃《に》がしたくなくてきゅっと締《し》め付けてしまう。

「だ、だめ……っ…あ、ぬ、抜いちゃだ……あぁっ」

「抜くわけないだろ……っ」

再び奥まで入ったものにグッグッと中を責められて、膝が崩《くず》れそうになる。

けれど、崩れたら遠衛のものが抜けてしまう。

そう思って足に力を入れると、中をきつく締め付けてしまい、結果としてますます激しい快感に苛《さいな》まれることになった。

「あ、あぁっ」

そのまま、佑はあっけなく二度目の絶頂を迎《むか》える。

その収縮のせいだろう。

佑の中で、遠衛のものがひときわ大きく膨れ上がり……。

「くっ……」

そのまま、佑の中で遠衛もまたイッたのがわかった。

「は……ぁ…」

がくりと佑の膝が崩れるのと同時に、遠衛のものが抜け出ていく。

けれど地面に膝を突く前に、遠衛の腕《うで》が佑を支えてくれた。

ぎゅっと抱《だ》きしめられて、耳の後ろに唇を押し当てられる。熱い息が耳に触れる。

その熱と、自分を拘束《こうそく》する腕に、佑は知らず微笑《ほほえ》んでいた……。


「あ、ちょっ……触《さわ》るなよっ」

大学の三号館。

あまり新しくないその建物のトイレは、ほかに比べて格段に使う学生が少ない。

最近佑は、自分の中にそういった無駄《むだ》な知識ばかりが増えていくのを、日々憂《うれ》えている。

「佑が今日もちゃんとノーパンかチェックしてるだけだろ？」

遠衛は、涼《すず》しい顔でそう言って、ジーンズの上から佑の尻《しり》を撫《な》でた。

「うん、この感触《かんしょく》は少なくともトランクスってことはないよな」

「やめろって！　確認するなら、ぬ……脱がせばいいだろ…」

自分で言いながら、恥《は》ずかしくなって佑はカッと頰《ほお》を赤く染める。

「へぇ。言うようになったなぁ」

遠衛がくすりと声を立てて笑った。その笑顔《えがお》を、佑は真っ赤になったまま、ぎろりと睨《にら》みつける。

「誰《だれ》のせいだよ……」

「俺だよな。知ってる」

遠衛はそう言うと、ようやく佑の尻から手を離《はな》す。

「じゃ、脱いでみて？」

「…………」

佑は無言のまま遠衛を睨みつつ、しぶしぶファスナーを下ろした。

当然のようにそこには素肌《すはだ》があるだけで、下着は影《かげ》も形もない。それどころか、一週間ほど前に遠衛が剃《そ》ってしまったせいで、あるべきものまでなくなってつるつるになっていた。

「ああ、ちゃんと剃ってきたんだな」

「しょ、しょうがないだろっ」

一度剃られたそこは、髭《ひげ》と同じで生えかけるとちくちくしてくるのである。

とりあえず、そのまま一度遠衛の前で自慰《じい》までさせられて、ようやく二人は個室を出た。

「ったく……お前、なんでそんなにこだわるんだよ？」

——下着を着けないこと。

それは、こうしてきちんと付き合い始めてからも、ずっと続いている厳命である。

「知りたい？」

「…………」

なんとなく、知らないほうがいいのかもしれないと思ったが、やはり気になって佑は頷《うなず》いた。

「佑は覚えてないかもしれないけど……」

二人が小学生の頃《ころ》のこと。

佑が水泳の授業で替《か》えの下着を忘れて、ノーパンで帰宅していたことがあったのだと言う。

「なんかすごいモジモジしてて、ひょっとしてって思ってズボン引っ張ったら、ぽろんって」

「…………」

「佑、涙目《なみだ》で真っ赤になっちゃってさ。かわいかったなぁ」

――思い出した。

そうだった。

あのとき佑は遠衛にズボンを下ろされて、その後、恥《は》ずかしさのあまり遠衛を避《さ》けているうちに、遠衛が転校してしまったのである。

きっと、あまりにも忌《い》まわしい記憶《きおく》だったために、封印《ふういん》してしまったのだろう。

「俺、あれでS《エス》に目覚めたんだよな」

にっこりと笑ってそんなことを言う遠衛を、佑は胡乱《うろん》な目で見つめる。

変態、と口に出さないのはせめてものやさしさか、こんな男に惚《ほ》れてしまった自分への同情か……。

「なんか、俺の人生これでいいのかなって気がしてきた……」

「いいに決まってるだろ?」

遠衛はそう言うと、心持ち体を引きつつも隣《となり》を歩いている佑を見つめて、うれしそうに微笑みかけたのだった。

あとがき

はじめまして、こんにちは。天野かづきです。この本をお手にとってくださって、ありがとうございます。
もう三月も終わるというのに、まだまだ肌寒《はださむ》い日があって、なんだか今年はいつもより春が遅《おそ》いような気がしています。早く暖かくなって、いろんな物やこと、そしてたくさんの人の心がぽかぽかになったらいいのになって、心から思っています。

今回は、オタクで冴《さ》えない受が、リア充《じゅう》の幼なじみと再会して、好きなようにいじめられた挙げ句、気持ちよくなってしまうというお話です——って書くと身も蓋《ふた》もないですね（笑）。どこまで道具を使わずにSMできるだろう？　というのが裏のテーマというか…一番難しかった部分です……。書いている途中《とちゅう》で何度も、SMってなんだろう……と遠い目になってしまいました。ほんの少しでも萌《も》えていただければ幸いです。

イラストは、蔵王大志先生が引き受けてくださいました。お忙《いそが》しい中、本当にありがとうございました。ご迷惑《めいわく》おかけしてすみません。キャララフがものすごく素敵《すてき》で、早くいろんな人に見せたくてたまりませんでした。本ができあがるのが今からとっても楽しみです。

また、今回と同じく、蔵王先生にイラストを付けていただいている『BACK STAGE!!』という本が、六月一日に発売となります。こちらは、雑誌で連載《れんさい》させていただいていたお話で、原作を影木栄貴先生が担当してくださっています。よろしければぜひ、お手にとっていただけるとうれしいです。

そして、今回もまたご迷惑をおかけしてしまった、担当の相澤さん……。本当に本当にすみません。とても感謝しています。ありがとうございました。

最後になりましたが、この本を手に取ってくださった皆様《みなさま》。ありがとうございます。少しでも楽しんでいただけたでしょうか？　もしもそうであれば、これに勝《まさ》る喜びはありません。

皆様のご健康とご多幸、平穏《へいおん》な日常が戻《もど》られることを、心からお祈《いの》りしております。

二〇一一年　三月

天野　かづき

KADOKAWA RUBY BUNKO

意地悪《いじわる》しないで！
天野《あまの》かづき

角川ルビー文庫　R97-22　16814

平成23年5月1日　初版発行

発行者――井上伸一郎
発行所――株式会社角川書店
東京都千代田区富士見2-13-3
電話/編集(03)3238-8697
〒102-8078
発売元――株式会社角川グループパブリッシング
東京都千代田区富士見2-13-3
電話/営業(03)3238-8521
〒102-8177
http://www.kadokawa.co.jp
印刷所――旭印刷　製本所――BBC
装幀者――鈴木洋介

ISBN978-4-04-449422-3　C0193　定価はカバーに明記してあります。

KADOKAWA RUBY BUNKO

角川ルビー文庫

いつも「ルビー文庫」を
ご愛読いただきありがとうございます。
今回の作品はいかがでしたか？
ぜひ、ご感想をお寄せください。

〈ファンレターのあて先〉

〒102-8078 東京都千代田区富士見 2-13-3
角川書店 ルビー文庫編集部気付
「天野かづき 先生」係

夏目総一郎の恋愛
一生懸命我慢されると、
意地悪したくなりますね。
天野かづき
イラスト／水名瀬雅良
センセイ同士のドキドキ☆ラブレッスン！
旅行先で行きずりの関係になった相手・総一郎と再会した教師の彼方。
総一郎から一目惚れだと猛アタックされ…!?

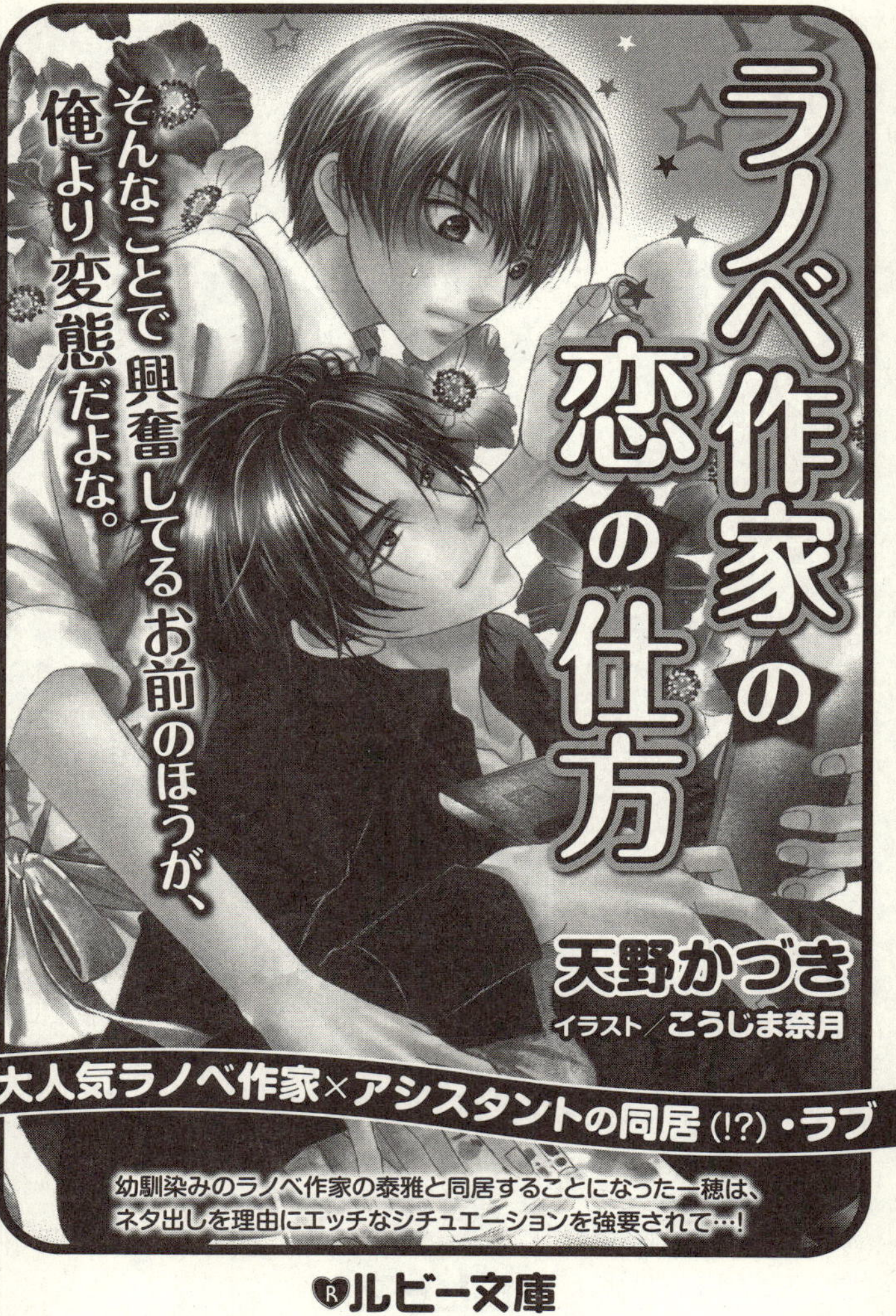
ラノベ作家の恋の仕方
そんなことで興奮してるお前のほうが、
俺より変態だよな。
天野かづき
イラスト／こうじま奈月
大人気ラノベ作家×アシスタントの同居(!?)・ラブ
幼馴染みのラノベ作家の泰雅と同居することになった一穂は、
ネタ出しを理由にエッチなシチュエーションを強要されて…!

描き下ろしも大量収録♥
漫画◆COMIC◆
こうじま奈月
Koujima Naduki
小説◆NOVEL◆
天野かづき
Amano kazuki
高校編入初日、偉そうな先輩・玖牙守弥に「お前は俺のモノだ」と言われ首に噛みつかれてしまった和嘉。訳が分からず抵抗する和嘉ですが…？
こうじま奈月の漫画が
80ページ以上も読めちゃう
文庫が登場!!
学園ドキドキ★ちょっとだけファンタジー!?
紳士協定を結ぼう!

原作&イラスト◆ORIGINAL&ILLUST◆
こうじま奈月
Koujima Naduki
小説◆NOVEL◆
天野かづき
Amano kazuki
どうして欲しいんですか？
――御主人様。
こうじま奈月☆
スペシャル描き下ろし漫画つき！
主従契約を結ぼう！
幼なじみの和嘉を追って
日本に来たクリスは、
教会で倒れている戒人
という男と出会うのですが…？

ルビー文庫

初めてなんだし…もうちょっと、
ゆっくり…っていうか…。
FIRST LOVE SCANDAL
初恋スキャンダル
色男3兄弟vs平凡大学生で贈る
家庭内ラブ・スキャンダル!
親の転勤のために幼なじみの
3兄弟が住む家に預けられている颯太。
次男の朗に「好きだ」と告白された上に、
他の2人にも…!?
天野かづき
KAZUKI AMANO
イラスト
海老原由里
ルビー文庫

天野かづき
KAZUKI AMANO
イラスト
海老原由里
嘘…だろ？
本当に、入っちゃったの……？
恋愛スキャンダル
LOVE SCANDAL LOVE SCANDAL LOVE SCANDAL
超有名芸能人×花屋さんの
勘違いから始まるスキャンダル・ラブ！
配達先で人気俳優の穂高に「デリヘル」と
間違われてしまったフラワーショップ勤務の環。
「この仕事が俺の天職」なんて言ってしまって…？
LOVE SCANDAL LOVE SCANDAL LOVE SCANDAL

ルビー文庫

天野かづき
Kazuki Amano
イラスト 陸裕千景子
ずっと、そばにいて欲しいんだ——…。
恋愛依存症の彼
恋の病にかかった男×一目惚れの被害者で贈る
運命的ラブ・シンドローム！
発病後に目があった相手に
一目惚れをしてしまうという病気の
患者・巴川に惚れられてしまった
匡平ですが…？
ルビー文庫